URANO

EILEEN CARDET

PAGE PUBLISHING, INC.
Conneaut Lake, PA

Primera publicación original de Page Publishing 2021

ISBN 978-1-6624-8853-5 (Versión Impresa)
ISBN 978-1-6624-8854-2 (Versión electrónica)

Libro impreso en Los Estados Unidos de América

CAPÍTULO

1

El emperador del sadismo

Cuando Nicolás entró a su casa, lo primero que notó Sofía fue la mirada. Ya la conocía... prepotente, como si estuviera borracho de éxito, de poder. No era precisamente que sus ojos azules se viesen desorbitados, era como si algo muy oscuro, casi diabólico, se asomara por sus pupilas. No lo tenía que decir, había vendido otra casa. Probablemente, de muchos millones. Nicolás se había vuelto un poderoso magnate de bienes raíces, uno de los más importantes de la región. Pero a medida que él crecía profesionalmente hacia la cima, también crecía exponencialmente la distancia horizontal entre ellos dos.

Si hubiera sido antes, antes de que nacieran las hijas, antes de que las libras fueran cubriendo todo su cuerpo hasta volverla obesa... antes, cuando aún se sentía enamorada de su esposo y —tal vez— él de ella, Nicolás la habría tomado al llegar. Era su forma favorita de celebrar el éxito. Hubiesen tenido sexo parados en la cocina, sobre la mesa del comedor, el pasillo, la escalera de caracol... la urgencia de Nicolás no permitía llegar a la cama. Entraba a la casa luciendo impecable. Siempre impecable. Y se lanzaba encima como un depredador que ataca a su presa.

A la fuerza la desnudaba, muchas veces rompía su ropa y volaban botones y se rajaban telas. La dejaba completamente desnuda, expuesta, vulnerable. Nicolás apenas se bajaba la cremallera del pantalón, sacaba su pene y la embestía con toda la fuerza. Y Sofía no entendía por qué o cómo podía llegar al orgasmo tan rápido, sintiéndose como un objeto, apenas un agujero para ser penetrado. Tener sexo así la excitaba sobremanera, y ella terminaba mojada, temblando y queriéndolo repetir una vez más.

Pero eso era el pasado. Hacía mucho tiempo que Nicolás no la buscaba sexualmente, no se aproximaba a ella. "Nueve meses, ¿un año? ¿Para qué contar? Está ocupado, está cansado, tiene una reunión de negocios, tiene mil cosas de su trabajo", se decía a ella misma, tratando de justificar su realidad, que su matrimonio era un fracaso desde hacía mucho tiempo. A veces, le cruzaba el pensamiento de que su esposo tenía a otras mujeres con quienes saciar toda esa ansia inapagable, especialmente, cuando estaba en la eufórica cima del triunfo.

Pero Sofía no se permitía perder el tiempo contemplando esos pensamientos. "¿Para qué? Hoy hay muchas cosas que hacer: las niñas tienen danza después de la escuela, hay reunión con las madres del colegio para planificar la actividad del mes, hay que hacer compras para la cena; en fin...", se decía Sofía, quien había decidido dedicarse a sus tres hijas mucho más que a su esposo o a ella misma, que siempre estuvo en último lugar.

Y, efectivamente, Nicolás apenas la saludó. Ni la miró a los ojos cuando pasó a su lado. Tampoco le contó del nuevo contrato que añadiría más dinero al imperio que estaba construyendo al vender mansiones y apartamentos de lujo. Y este último era muy jugoso... con un banquero que debía lavar millones de dólares del gobierno de Venezuela, obtenidos por fraudes y malos manejos de la petrolera del país.

Su cliente, un ingenioso alemán-venezolano, sabía cómo hacerlo, modificando cifras, invirtiendo en decenas de propiedades cuyos valores serían manipulados. Consciente de dónde se estaba metiendo, Nicolás hizo que firmara un contrato de exclusividad con su compañía de bienes raíces.

Su imperio había empezado por su atractivo físico y su capacidad de seducción. Muchas de sus clientas eran viudas millonarias atraídas por este hombre esbelto, rubio, con un acento argentino fusionado ya con el sabor de la diversidad lingüística de esta ciudad, este hombre que olía a *Acqua di Parma* y vestía trajes hechos a mano con las mejores telas italianas. Resistirse a Nicolás no era faena fácil. Era encantador, elegante y con una sonrisa que —cuando enseñaba los dientes— no se sabía si era de un ángel o del mismo diablo seduciendo.

Nicolás entró en la cocina, donde estaba Sofía entretenida, adelantando la cena de la noche, y absorta, mirando a través de las gigantescas ventanas que daban a la terraza, a la piscina y a la maravillosa bahía.

El primer pensamiento que tuvo Nicolás al ver a su esposa fue lo obesa que estaba... le dio asco. El recuerdo de cuando la conoció —años atrás— con un cuerpo de sirena, su pelo negro largo y sus ojos color miel, no compaginaban con esta versión de ella, que se había ido desdibujando y ensanchando con el pasar del tiempo.

«¿Cómo alguien puede tener tan poco control, tan escasa voluntad, tan minúscula disciplina?», pensó. En ese momento ni se acordó de que se trataba de la madre de sus tres hijas. Era imperdonable que no se cuidara. Él trabajaba intensamente y aun así cuidaba su físico como un tesoro. Sofía ni siquiera tenía que hacer nada. No necesitaba trabajar, si él traía, y traía en abundancia.

Le daba rabia ese aspecto de su mujer, tan descuidada, tan poco arreglada. Pero Nicolás no le dedicó ni un pensamiento más a Sofía. Hoy iba a ver a Claudia. Esa nicaragüense aguantaba de todo, no importaba qué, con tal de vivir en el apartamento. Podía terminar con marcas rojas de una fusta en sus nalgas, moretones, y huellas en las muñecas y tobillos de las sogas que la amarraban. De pensarlo, Nicolás se excitaba.

Cuando vio por primera vez a la "*queli*" como le llamaban en Argentina a la que limpia, trabajando en la cocina, le impresionó su belleza, aunque aún no podía descubrir las curvas de su cuerpo por la ropa tan holgada que llevaba puesta. Además, tenía el pelo mal cortado, como hombre, probablemente, un recorte que ella misma se había hecho. Aun así, parecía una diosa e intuyó que una chica que se veía así de sufrida, sería fácil ponerla a su merced. Ya tenía mucha experiencia haciéndolo.

—Hola, debes ser la nueva empleada. Yo soy Nicolás, ¿y vos? —le dijo.

—Claudia, señor... La señora Sofía salió al mercado, pero vuelve enseguida —le contestó ella sin mirarlo a los ojos.

Él se le acercó, estiró su mano, le tomó la barbilla e hizo que alzara la vista. Claudia se puso nerviosa. Su imponente presencia la intimidaba.

—No tienes que sentirte mal de hablarme de vos. Uf, eres muy bella, no deberías tener que trabajar en esto. Te mereces una vida de lujos. Me tengo que ir, pero hablamos en otro momento de tus posibilidades. —Y luego le sonrió.

Era la primera vez que un hombre la tocaba desde la travesía del terror. Sintió en sus dedos la misma intención que las otras manos que la toquetearon, pero encubierta con una suavidad que la confundió, ya que estaba mezclada con palabras que sonaban igual a las que le decía su madre, que siempre estaba con el estribillo de su belleza y de una mejor vida. Y por primera vez, Claudia vio en su horizonte la esperanza de una vida diferente. La ilusión de que tal vez sí había para ella un destino diferente que vivir en la carencia, siempre resolviendo el día a día, trabajando como una mula y limpiando para los que vivían en opulencia.

—Algún día vas a vivir como reina —le repetía su madre Fernanda.

Recordando su travesía hacia los Estados Unidos, Claudia se dijo para sí misma: "Ten cuidado con lo que deseas, porque se puede convertir en realidad...".

Semanas después, Nicolás la llevó a vivir al apartamento frente a la bahía. Tenía una vista privilegiada tanto del mar como de la ciudad, por su altura impresionante en el piso 23. Claudia no era la única. Tenía a varias chicas así, viviendo a costa de él, de su placer, de sus morbos, de sus sombras. Pero ella era la nueva adquisición. Y eso lo hacía excitante.

Le fascinaba la idea de que podía entrar sin avisar a la hora que quisiera y Claudia debía estar allí, lista para él. Ese era el acuerdo. Para eso le pagaba. Para eso la mantenía. Él mandaba y ella era su prisionera.

Esa noche, Nicolás necesitaba del placer más que nunca, se sentía como un rey, como un dios todopoderoso, después de haber firmado el contrato con el banquero.

Ya en su auto, detrás del volante, comenzó a excitarse. Sentía la erección entre sus piernas. Quería llegar pronto. Apenas pisó el acelerador, su carro respondió. Le encantaba la velocidad, proclamarse dueño de la carretera, superior a todos los otros conductores que no tenían carros que pudiesen acelerar de 0 a 225 millas en un par de segundos, como el suyo. Era pura gloria.

Y allí estaba Claudia cuando él llegó, como debía ser. En lencería, con sus senos mostrándose a través del encaje exquisito. Nicolás la tomó por los hombros y la empujó hacia el cuarto. Le quitó las únicas dos piezas de ropa que vestía. Pellizcó sus pezones oscuros. Acarició suavemente su mejilla, antes de darle una cachetada ligera.

—Acuéstate, que ya sabes lo que te espera —le dijo.

Claudia lo sabía, lo sabía y lo odiaba por eso. Lo aborrecía, lo detestaba, pero sentía que no tenía otro remedio, que no había otra opción. Él comenzó a amarrarla a las cuerdas de cuero negro atadas permanentemente a los cuatro pilares de la cama... una pieza italiana, de caoba y muy moderna, que había comprado para ella y que era perfecta para jugar con su cuerpo a su antojo.

Claudia sacaba de él un frenesí, un desespero delicioso. Su piel morena, sus ojos verdes, sus caderas anchas, sus tetas firmes pero pequeñas, de pezones grandes para chupar y morder. Sus hombros anchos y bien formados. Era toda una hembra. Y el olor a mar fresco pero fuerte entre sus piernas, lo volvía loco.

Ella le repetía que ya estaba excitada, que había estado fantaseando con él, esperando con ansias a que regresara. Y, sobre todo, que se merecía su castigo. Nicolás, como siempre lo hacía, ató primero sus piernas bien abiertas, bien separadas, a las cuerdas.

—Ábrete más, déjame mirarla, déjame ver mi concha —le ordenó.

Amarró sus muñecas y comenzó a quitarse su propia ropa, la cual tendió cuidadosamente sobre la silla blanca de lino al lado de la lámpara, en la esquina del cuarto. Y comenzó su juego. Primero, con su pene erecto le pegaba golpecitos en el clítoris... uno, dos, tres... cada vez más fuerte, más doloroso. Cuando para él era demasiado el dolor, pasó a su mano... palmaditas en la vulva, en los senos, en la cara. Y las palmadas se volvieron mucho más fuertes, hasta que eran cachetadas ya insoportables y Claudia no tuvo más remedio que gritar. ¡Cómo le excitaba escucharla! Tomó el pene en sus manos y lo introdujo en su vagina y luego lo sacó... una, dos, tres veces.

De ahí, metió su miembro en la boca, y Claudia debía luego chuparlo y que se adentrara hasta lo más profundo de su garganta. Ella sentía que se iba a asfixiar, literalmente. Y eso era lo que buscaba Nicolás: verla así, sin aire, con su cara roja, llena de saliva.

En ese momento, Claudia pensó en su mamá, y en lo mucho que se horrorizaría si se enteraba de que su hija, que la mantenía desde Estados Unidos, en verdad se ganaba la vida como la prostituta maltratada de un hombre sádico.

Como esclava sexual. Ella, tan cristiana... ella, que siempre apostó a que la belleza convertiría a su hija en la esposa legal de algún abogado o médico gringo.

Los recuerdos de la travesía del terror surcaban su mente como una película de horror. Claudia se preguntaba qué había hecho para merecer algo así. «Mejor seguir fingiendo para que él termine rápido. Ojalá, hoy no sea uno de esos días, cuando está más perverso», pensó. En esos días, hasta buscaba una hoja de afeitar y le hacía una pequeña cortadita en los labios de la vagina, muy cerca del clítoris, y luego comenzaba a lamerla para que ella viera las estrellas.

Esta vez, su mirada lo delataba, ya la conocía. Estaba desbocado. Hoy sería una noche de esas para olvidar. Y Claudia que miraba hacia las luces de la ciudad desde su rascacielo infernal, seguía recordando a su mamá y la casita de techo de zinc donde se había criado, en uno de los barrios más marginados de Managua, el Jorge Dimitrov, donde se pasaba trabajo, mucho trabajo, y había escasez, mucha escasez, pero había paz.

—¿Valía la pena todo esto por tener a mamá con todo, viviendo en un apartamento decente de la capital? —Se cuestionó.

Y una vez más, maldijo haber sido bendecida con el don de la belleza, maldijo el haberse arriesgado a venir a Estados Unidos con un coyote, maldijo el haber sido traicionada por tantas personas. Pero más aún maldijo el día que fue a buscar trabajo como empleada doméstica a la casa de la señora Sofía.

CAPÍTULO
2

La luna verde

Por mucho tiempo, años inclusive, Laura se despertaba sintiendo el peso de todo un universo sobre su cuerpo, aún demasiado joven como para estar así de cansado.

Sabía que su día iba a ser casi igual que el anterior... una rueda que giraba con el mismo ritmo monótono y aburrido, que hipnotizaba en un letargo a cualquiera que la observase.

Era como soñar la misma película una y otra vez, una realidad que se volvía casi una pesadilla. Su corazón estaba tieso, sin ningún tipo de vibración, como un pedazo de madera.

Laura despertaba y al lado yacía su esposo, Emilio. Sentada en la cama, lo observaba por unos instantes, y siempre le venía la misma sensación de estar junto a un extraño, a pesar de compartir el mismo lecho y muchos años de vida. "Alana", se decía, y con ese nombre justificaba una relación que había muerto hacía demasiado tiempo.

Su hija Alana era lo que en su mente justificaba esa unión matrimonial.

Laura había visto recientemente en Netflix la película basada en una vida real, Soraya M., y la había perturbado. Una madre musulmana lapidada por haber sido injustamente acusada de infidelidad. La imagen de su muerte perduraba en su mente. Pensó en lo afortunada que era su vida en comparación con tantas mujeres sometidas por el patriarcado. Su queja de que vivía infeliz era casi condenable, pero no lo podía evitar. No era feliz. Como si sus ganas de vivir, como lo eran antes, se hubiesen apagado de alguna manera.

Aparte de Alana, Laura sentía que un gran abismo negro había llegado a su vida para instalarse, exactamente, en el punto medio entre ella y quien ella debió haber sido.

En alguna parada del camino de la vida, aceptó que no solo ese abismo, sino también el conformismo, vinieran a hospedarse dentro de su alma, ya que había cedido su pasión a la aburrida rutina diaria.

Pero esa mañana empezó diferente. Laura lo olió en el aire tan pronto abrió los ojos. Era primero de enero, se estrenaba un nuevo año. Habían celebrado la ocasión la noche anterior, en la casa de su mejor amiga, Sofía, y junto con la otra mujer que era crucial en su existencia, Anouk.

Sofía, nuevamente, había demostrado su capacidad de espléndida anfitriona. En la fiesta había más de 150 personas, banda de música, por lo menos 15 meseros que no permitían un solo instante de necesidad, champán Veuve Clicquot que fluía toda la noche y un espectáculo pirotécnico a las 12, comparable al de cualquier hotel...

Laura, Anouk y Sofía encontraron el espacio para irse solas con un par de botellas y unas copas en las manos, para brindar otra vez por esta vieja amistad.

—Sofía, por tu vida, ¿cuánto ha salido esta fiesta? —preguntó Anouk.

—Qué importa, a Nicolás aparentemente le va muy bien —dijo, pero su mirada no transmitía ni felicidad, ni orgullo.

Observando a sus dos amigas, Laura pensó cómo los años le pasaban por arriba... implacables, inexorables. Y como siempre, Anouk, que estaba sincronizada mentalmente con ella, expresó:

—Cómo pasa el tiempo, ¿se acuerdan cuando despedimos el año en París? Nos acabábamos de graduar de la universidad. —Las tres se miraron con algo de lástima, ya que de alguna manera sentían pena en lo que se habían convertido sus vidas. Brindaron. Laura tomó la palabra, que fue como una sentencia o una premonición.

—Brindo y pido al universo que este nuevo año nos traiga experiencias apasionadas, reveladoras, de esas que sacuden montañas y te mueven el piso, y que nuestras vidas jamás vuelvan a ser tan monótonas como la mía lo ha sido por los últimos años. ¡Salud! —dijo sonriéndose, porque sabía que acababa de proclamar su verdad, pero también la de sus amigas. Se miraron asintiendo con la cabeza, se tomaron de golpe sus copas de champán y se sirvieron la segunda.

—*Refill* —dijo en inglés, Anouk.

Laura le contestó:

—El segundo de muchos, como cuando estábamos en la universidad. —Las tres rieron y se abrazaron. Había sido una excelente velada.

Laura se despertó ese primero de año y el sol aún no había salido. Pensó que iba a sentir la resaca de la noche anterior, que estaría cansada porque apenas había dormido un par de horas, pero no fue así. Se sentía llena de energía. Un extraño olor impregnaba el aire de su cuarto, que olía a... «¿Iones?», pensó. Como si alguna sustancia extraña flotara invisible por todo el espacio. Salió de la recámara, caminó por el pasillo y comenzó a bajar las escaleras.

Y ahí fue que sucedió. A través de la ventana vio la luna llena totalmente verde. Creyó que era una alucinación, pero seguía deslumbrante después de haberse frotado los ojos. No parecía ni siquiera un satélite, sino todo un majestuoso planeta. En ese mismo momento, su abuela, a quien ella adoraba y extrañaba tanto desde que se había marchado a otros planos de existencia algunos años atrás, se le apareció.

No era la primera vez que Laura veía espíritus o almas desencarnadas. Desde niña había tenido algunos encuentros con el más allá, pero estos le habían causado mucho miedo, y por decisión propia y consciente, ella misma bloqueó ese canal a lo desconocido. Sin embargo, ver a su abuela, a su Yaya que tanto adoraba... no, eso no le causaba miedo.

—Abuela, ¿qué haces? —le preguntó, porque fue lo primero que se le ocurrió.

Su abuela, que se veía brillante, traslúcida, joven y feliz, le asintió con la cabeza sonriéndole, como queriendo decirle que sí, que...

—¿Me das permiso? —Le vino a la mente a Laura.

—Abuela, no te entiendo.

—Sí ¿qué? Que me das permiso...

—¿Para qué? —imploró Laura, pero la imagen se desvaneció en ese instante y al mismo tiempo se hizo de día y, en vez de la luna, el sol brillaba ya alto en el cielo.

Cuando vio el reloj de la cocina, no era de madrugada, como imaginó en un principio, sino las 10 de la mañana. Alana aún no despertaba porque no estaba acostumbrada a madrugar por las fiestas, y Emilio... ese dormía la mañana y la tarde, si se le dejaba.

—¿Qué acaba de pasar? —se preguntó Laura, pero no hallaba respuesta.

Lo que sí sabía es que, de repente, mil y una resoluciones del año se le aparecían en la cabeza, que una energía traviesa se empezaba a mover en su pecho.

Fue al baño y se miró en el espejo. No le gustó la imagen que este le devolvía. Se veía avejentada y descolorida, como si la vida se le marchitara sobre su cuerpo. Pero, súbitamente, sintió una necesidad imperante para comenzar a escribir de nuevo el libro de su vida. Una fuerza descomunal la llevaba a no perder más tiempo y a buscar una nueva versión de ella misma. A regenerar todo su ser, buscar su felicidad y empezar a vivir con un nuevo paradigma. Estaba en sus cuarenta y no había tiempo que perder. Comenzaría ese mismo día. Surgía una Laura reconectada con la visión de ella misma cuando era mucho más joven. Se sintió enérgica, llena de vitalidad y por primera vez en mucho tiempo, enamorada del porvenir. Y simplemente no entendía por qué.

Era como si la luna verde junto a su abuela se le hubieran aparecido para advertirle que algo iba a llegar a su vida... como si su propio brindis con Sofía y Anouk para despedir el año. "Experiencias apasionadas, reveladoras, de esas que sacuden montañas, y te mueven el piso". Hubiera sido un decreto que ella, sabía de alguna manera, sí se iba a materializar.

CAPÍTULO

3

Placer en soledad

Anouk acababa de llegar a su casa después de haber estado animando —como buena madre— dos eternos partidos de fútbol de sus gemelos, Santiago y Sebastián, un viernes por la noche. Su esposo, ausente, trabajando como siempre. En ambos juegos habían ganado y, en gran parte, había sido por sus hijos. En un equipo, uno era el portero estrella y en el otro, Sebastián era el delantero anotador.

Pero el deporte no era algo que ella disfrutaba. No, para nada... ignorante de él, como si se tratase de otro idioma, como el chino.

A Anouk le gustaba el arte, el drama, la literatura y la filosofía. Todo creativo, todo sutil, todo intelectual. Era arquitecta diseñadora y estaba en sus venas lo estético.

De hecho, siempre había pensado que tendría hijas en vez de varones, a las que llevaría a clases de música y arte, y con las que compartiría muchos momentos deliciosos hablando de asuntos de mujeres, patriarcado, hombres, sexo e intuición femenina.

Pero no se fue así. Quedó embarazada en momentos que consideraba divorciarse, apenas dos años después de haberse casado.

«No hay nada que hacer, más que dejarse llevar por el destino», pensó en ese entonces.

Además, como buena Tauro, el cambio le daba mucho miedo. Cuando se enteró de que tendría gemelos, tomó la decisión de ponerle "al mal tiempo buena cara... y adelante". El día del parto también se operó las trompas, despidiéndose para siempre del gran anhelo de tener una hija, porque dos varones eran más que suficiente para una vida entera.

Algo había pasado en Anouk desde el comienzo del año, que llegaba contundentemente y que la estaba empujando a reflexionar sobre su vida y su realidad, al punto de que se cuestionaba si era feliz dedicando todo su tiempo libre a llevar a sus hijos a prácticas y a partidos de fútbol. Si no sería mejor acabar con su matrimonio de una vez y por todas, si esto era todo lo que la vida tenía para ofrecerle.

—¿Qué hay mañana? —preguntó mientras manejaba a casa.

—Dos partidos, uno a las 11 a. m. y el otro a las 4 p. m., pero no es tan lejos de aquí, me dijo mi amigo Albert que el campo queda como a hora y media —le contestó Sebastian.

«Otro sábado de fútbol, y yo que quería almorzar con Laura y Sofía», pensó.

Esa noche decidió ordenar comida porque no tenía deseos de ponerse a cocinar. Su esposo no había aparecido aun en el panorama, y ella tampoco quiso llamarlo. Total, Anouk sabía que, fuera lo que fuera, estaría durmiendo sola en su habitación como la mayoría de las noches de los últimos años. Sus hijos ya estaban encerrados cada uno en su cuarto del primer piso, jugando videojuegos, así que no quiso interrumpirlos y ni les dio las buenas noches. Con una botella de vino Sauvignon Blanc y una copa en las manos, subió las escaleras, entró a su recámara, pasó el pestillo y se quitó la ropa, dejándola en el piso. Ya la recogería mañana. Fue al baño y se miró al espejo. "Anouk, ¿dónde estás?", fue lo que pensó al ver su rostro cansado, sus ojos color miel devolviéndole una mirada marchita, y la raíz del cabello marrón claro mostrando canas y descuido.

—Hasta aquí llegué. Mañana que se vayan a los juegos con algún amigo. Yo me inscribo en un gimnasio, comienzo clases de yoga y me voy a la peluquería —se dijo.

Se sirvió una copa que, en verdad, eran dos. Tomó su celular y mandó un texto al chat "Tres Amigas": "Almuerzo mañana, con mucho vino, en Frenchies"; "como siempre. 1 p. m., yo invito". "Ting", "Ting", inmediatamente, llegaron las respuestas. "*It's a date*", escribió Laura. "Cuenta conmigo", contestó Sofía.

Se dio una ducha y, por largo tiempo, dejó que el agua caliente corriera por su cabeza. Luego se metió en la cama. Eran alrededor de las 10 de la noche. Se tomó otra copa mientras pensaba qué había sido de su vida, y qué podía hacer para volver a sentir la pasión como antes, porque no quería otorgarle al destino su derrota con apenas 45. Algo estaba pasando, que Anouk se cuestionaba todo esto.

Reflexionaba en su pasado y cómo el presente se había vuelto asfixiante porque no tenía control del desarrollo de su propia vida.

Entonces le llegó el mismo pensamiento de siempre. Era recurrente, como cada noche. Sabía que no le quedaba más remedio que empezar el ritual. Era más fuerte que ella. Lo necesitaba, y era uno de los pocos placeres que se permitía. No quería pensar en que se había vuelto adicta. Adicta a la masturbación, adicta al vino y adicta a la pornografía. Pero todo indicaba que así era. Era su gran secreto, uno que no compartía ni siquiera con sus dos mejores amigas. Como cada noche que se acostaba a dormir en una cama demasiado grande y demasiado desierta, sus manos, su vulva y su imaginación despertaban. Muchas veces se cubría la cabeza con la almohada y las yemas de sus dedos comenzaban a acariciar sus senos, poco a poco y suavemente, mientras sentía en su sexo unas corrientes que iban y venían como si fueran olas del mar. Apretaba más fuertemente sus pezones, que ya estaban erectos y duros, y la descarga eléctrica era mucho más intensa.

Después, sus manos recorrían el resto de su cuerpo en caricias que se sentían como las de un amante enamorado y apasionado; el que Anouk nunca había tenido. Sus dedos luego llegaban a la vagina, que ya sentía pulsaciones que pedían ser liberadas, como un toro acorralado que con su cabeza golpea la puerta de salida una y otra vez. Su clítoris le urgía ser tocado en un movimiento rítmico que, al cabo de un tiempo, se volvía insoportable. Y llegaba el orgasmo... su cuerpo se estremecía, sus músculos se contraían y algo se liberaba de ella por fin, dejándola, luego de un rato de temblores y falta de aire, totalmente relajada y tranquila.

Otras veces, cuando su imaginación y sus caricias no eran suficientes, necesitaba su celular. Búsqueda *Incógnito*, luego Porn Hub. Y su categoría. Ahí estaban... dos cuerpos, uno en bata de dormir rojo intenso y el otro en camisa blanca. La bata caía rápido al piso para mostrar unos senos espléndidos y bien formados, demasiado redondos por la silicona. El otro cuerpo comenzaba a acariciarlos suave y sutilmente, y luego su boca se pegaba a ellos y los lamía. De ahí, la camisa caía al suelo, y se acostaban en una cama de sábanas de satín para comenzar con la fiesta de la oralidad. «Cuánta razón tenía Sigmund Freud», pensaba Anouk.

Y ella llegaba al clímax rápidamente viendo dos cuerpos de mujer amándose. Era algo sublime, sutil y celestial, de lo que el sexo entre heterosexuales —por lo menos en la pornografía— carecía. Dos mujeres —apreciaba Anouk— era algo más cercano a los dioses. Mucho más que la bestialidad del pene. Le repugnaba, le indignaba ver la mayoría de las otras categorías en ese portal de internet... padrastros teniendo sexo con hijastras, hombres golpeando a mujeres, maridos entrándole a correazos a sus "esposas"... orgías en donde los hombres pisaban la cara de adolescentes a las que humillaban con palabras y con órdenes de lo que tenían que hacer o aguantar, y a las que asfixiaban con su miembro y reducían a ser menos que un objeto. Cuanto más perverso, más maltratante, más sádico... más vistas tenía el clip y más veces había sido compartido. Y Anouk sospechaba que había muchas otras cosas peores en otros sitios de la "*Dark Web*".

Lo único que le quedaba por hacer, era hablarles mucho a sus hijos, que de seguro que conocían desde hacía varios años ya esta cruda realidad del mundo virtual. Hablarles para que no confundieran eso con hacer el amor. Era un tema muy difícil de tratar con dos varones de 14 años. Demasiadas confesiones para poder, en verdad, llegar al punto.

Se preguntaba cómo se afectarían las relaciones de pareja en la generación de sus hijos, expuesta a toda esa perversión gratuita y con el tocar de un dedo. ¿Podrían ser buenos novios, buenos esposos, viendo un concepto elevado de su pareja? No, ver sexo entre un hombre y una mujer en el mundo de la pornografía, no la excitaba. Solamente entre mujeres, que le resultaba más... erótico, seductor y romántico. Por lo menos, así se sentía, a pesar de que se insistía en que era heterosexual y nunca le habían gustado las mujeres.

CAPÍTULO

4

Amor de mujer

Nina se despertó esa mañana apenas los primeros rayos del sol empezaban a asomarse. Abrió sus ojos, miró a su alrededor y se sintió feliz de estar en esta ciudad, en su pequeño y acogedor apartamento que había puesto exactamente a su gusto, con los colores brillantes de la tierra que la vio nacer.

Empezaba su rutina: prender incienso, una vela, sentarse en la colchoneta y tomar su *Japa Mala* con la mano derecha para recitar 108 veces su mantra favorito: "*Ong Namo Guru Dev Namo*", "Llamo a la sabiduría divina". Le daba paz. Esa práctica hindú era mágica y le había transformado su vida. Había sanado tanto dolor.

Pensó en Kingston, en cuánto le costó liberarse o desprenderse emocionalmente de ese pueblo conservador y homofóbico, donde a las niñas se las sexualiza, se las puede molestar o violar, y el perpetrador nunca paga por el crimen. Qué importa... Sin embargo, si eres lesbiana o gay, se indignaba Nina, estás condenado. Se te señala y se te pinta una letra escarlata para siempre. Una mujer teniendo sexo con otra mujer, eso es un acto del mismo demonio.

Entonces, se acordó de Keyla y cómo en su último año de escuela superior se armó de valor para confesarle a su mejor amiga de la infancia que siempre había estado enamorada de ella. Que la atracción había empezado desde pequeñas, que cada noche pensaba en su cuerpo, en sus nalgas de acero, en su piel suave y oscura, mucho más suave y oscura que la de ella. Se imaginaba besando sus labios, metiendo la lengua en su boca suavemente y lamiéndola, tocando sus pechos y perdiéndose en la oscuridad de su sexo.

Recordaba cuando se bañaban juntas en la playa de Fort Clarence los fines de semana, y cómo insistía en enseñarle a flotar, simplemente, para poder tenerla cerca, piel con piel, cargándola en el vaivén de las olas azules de esa tierra bendecida de belleza por el Creador y maldecida por su gente.

Pero esa etapa había pasado y se alegraba tanto de que todo hubiera quedado atrás... ¿qué le pasaba hoy que estaba tan contemplativa, recordando el pasado?... ¿será que se siente sola? Había transcurrido demasiado tiempo sin tener compañía, sin tener pareja. Pero nunca la rutina sagrada de la meditación se retrasaba por estar absorta en sus pensamientos, rememorando su vida en Jamaica, a donde no había tenido el valor de regresar.

—Me hace falta un amor, así que hoy mi mantra será otro —se dijo.

—*Om Parama Prema Rupaya Namaha*, te honro y recibo tu presencia en mi vida, manifestada en forma de un amante. *Japa Mala* en mano. —Comenzó a recitar 108 veces.

Ese día tenía dos clases que dar, la primera en la mañana y la otra, a las 7 de la noche. Se sintió privilegiada de poder sustentar su vida enseñando yoga, esa práctica que unía su alma con la divinidad y que la ayudaba a aceptarse a sí misma tal como era; algo que sus padres, Keyla y Kingston, nunca lograron hacer. Evocó el momento en que el destino la puso frente al banquete de esta milenaria doctrina hindú que jamás terminaría de estudiar; no solo los asanas, sino toda la filosofía y el conocimiento que el yoga propone.

Había ido al hotel Courtleigh buscando trabajo, ya que ofrecían varias posiciones, desde personal de mantenimiento hasta administración. Ya se había graduado de la escuela superior, pero aún no se decidía por qué carrera estudiar. En parte, porque estaba demasiado deprimida, intensamente triste, con su corazón hecho añicos tras el repudio que le mostró Keyla, que se había sentido traicionada y hasta le dio asco al escuchar la confesión de Nina, en vez de darse cuenta de que quizás era el amor más puro y sincero que jamás tendría en su vida.

Por esos días, a Nina le dolía no solo el cuerpo, también su cerebro y su alma. Pero había que trabajar, había que aportar económicamente a sus padres, que ya no le dirigían la palabra porque cada vez los rumores de vecinos y parientes se estaban haciendo más altos y ruidosos. "Nina lesbiana...¿Cómo puede ser? ¿En qué fallamos?".

El hotel le quedaba cerca de su casa. Podía ir caminando... apenas 10 minutos. Le hacía falta ese tiempo de reflexión y soledad para seguir ahogándose en el mar de su miseria.

—¿Por qué me enamoré de Keyla? ¿Por qué nunca me gustó ningún varón? ¿Por qué jamás me atrajeron? Ni siquiera antes de que el papá de Aisha se metiera al baño cuando yo estaba orinando, trancara la puerta detrás de él (¿por qué se me olvidó pasar el pestillo?), se desabrochara el pantalón y comenzara a tocarse con la mano derecha su enorme y negro pene mientras me tocaba a mí mi vagina, que aun ni siquiera estaba cubierta de vello. Me manoseaba mientras sus ojos estaban clavados sobre mí... *Everything criss gyal...* todo está bien, niña —dijo, una vez que eyaculó, salpicando mi cara y mi ropa con su semen. Después me hizo prometer que este sería nuestro secreto.

—*Everything criss* —repitió.

Pero no todo lo estaba. Apenas tenía 9 años, y la sensación de estar petrificada y la imagen de esa verga descomunal frente a ella, marcaron su psiquis para siempre.

No, nunca le gustaron los hombres. Los encontraba duros, primitivos, elementales. Aunque reconocía que hubiera sido todo tan fácil si hubiera aceptado salir con Bartt o Devan. De haberlo hecho... "No estaría en este lío en el que me encuentro; de haber guardado mi secreto, mi amor por Keyla, mi vida no se hubiese arruinado".

En todo esto pensaba Nina mientras caminaba hacia el Hotel. Al llegar a la recepción, una chica con su pelo perfectamente recogido en un moño, su uniforme muy almidonado y una sonrisa que ofrecía amistad, le entregó un formulario que tenía que llenar y una lista de las posiciones disponibles que iban desde empleada de limpieza hasta...

—¿Maestra de yoga? —dijo Nina en voz alta, porque no sabía qué era eso.

En ese momento, llegó una mujer de cuerpo estilizado, pantalones de lycra y una camiseta que, a pesar de ser holgada delataba una figura hermosa. Nina pensó que ella era tan ligera que levitaba. Aérea, al punto que le pareció una visión angelical.

—Es una disciplina de ejercicios donde se trabaja cuerpo, mente y alma. Me llamo Amancia... ¿y tu nombre? —le preguntó. Y, por primera vez, Keyla fue removida del trono donde había reinado en su corazón por demasiado tiempo.

CAPÍTULO
5

Claudia y las bestias

—Mami, tengo hambre —le había dicho Claudia a su mamá.

—Ay, mijita, no te preocupes, que, en unos años, vivirás como una reina —le contestó la mujer a la niña porque no tenía más nada que ofrecer esa noche.

Y de verdad que así lo pensaba. Miraba a esa criatura y no veía ni rastro de ella misma. Bueno, el color de la piel morena. El resto, era él. Los ojos verdes, la naricita respingada, el corte de cara tan... no tenía ni siquiera una palabra para describirlo. Era la hija de Mario, no se podía negar. Y cómo negarlo, si se enamoró como una idiota del patrón de la casa. Él, que se adueñó de su cuerpo y —peor aún—, de su corazón, por medio año, y luego —cuando se cansó de ella, cuando ya no le excitaba correr el riesgo de ser pillado por su esposa y entrar en medio de la noche al cuarto de servicio donde ella se hospedaba como empleada doméstica—, le dio una patada tan fuerte, que terminó en el mismo barrio Jorge Dimitrov de Managua, de donde venía.

Donde volvió a pasar hambre, ahora amamantando a una criatura que no había querido traer al mundo pero que, después de tres abortos corridos, no tenía más remedio que aguantarse y darle vida. De lo contrario, podría haber terminado en la mesa de una partera, con las piernas abiertas y la sangre huyéndole del cuerpo a chorros. No, su útero no aguantaba un aborto más, y se lo había alertado la mujer que ya había tenido la terrible experiencia de perder en su práctica a demasiadas adolescentes y mujeres, víctimas de tantos casos de horror que mejor ni mencionar porque muchas veces eran por violaciones constantes de familiares, allegados u hombres a los que era muy difícil decirles "no", ya que el riesgo de perderlo todo o mucho era contundente o certero.

Así que Claudia nació... hermosa y destinada a ser una diosa. No como su madre, cuya vida estaba marcada por el destino y desde un principio, a limpiar podredumbres de ricos, a recoger sus regueros y a emblanquecer sus inmundicias. "Esta niña, no... esta niña, no".

La necesidad de resolver el día a día hicieron que los años fueran pasando muy rápido como agua escurriéndose de las manos. En un abrir y cerrar de ojos, Fernanda vio como Claudia se hacía mujer. El día que cumplió 19 años, su hija le dio la noticia; se iba a buscar mejor vida, a cumplir el sueño de su mamá.

Como un ave migratoria que debe volar al norte para subsistir el invierno. Así se sentía Claudia... que debía cruzar esa frontera para sobrevivir. Lo había decidido. Se iría con su vecino, que conocía a un coyote que llevaba años cruzando a gente para llegar a Estados Unidos.

El viaje era largo y peligroso... varios países, desiertos, montañas y ríos... y tantos cuentos de terror en el Tren de la Muerte, La Bestia... Pero si miles lo lograban, ¿por qué ella no? De esa forma, podría ayudar a su mamá, que mucho trabajo había pasado en la vida.

Claudia no tenía la menor idea de quién era su padre, porque ese era un secreto que nunca había podido arrancarle de la boca a su mamá Fernanda. Pero qué importaba ya. A juzgar por su propia apariencia, probablemente, sería un rico de la alta sociedad —de alguna de las casas donde su madre había vivido, trabajando como empleada doméstica— y a quien se le hubiese arruinado la vida si su familia pudiente se enteraba de su existencia.

Miró por última vez el cuartito donde vivió toda su vida, el catre en el piso en el que dormía junto a su madre, la pequeña cocina improvisada en una esquina, la mesa con dos sillas donde no se conversaba mucho. Una casita de zinc, plástico y ripias, como tantas en ese barrio terrible, de gente que pasa hambre, de mujeres que trabajan para los ricos, de muchos niños blanquitos y de ojos claros... una casita que iba a extrañar, pero en esta miseria no seguiría viviendo. Tantos padres habían apostado al buen Dios y a la virgencita enviando a sus hijos a Estados Unidos, y en tantos casos la buena fortuna eventualmente les acompañaba. Y si no los habían acompañado y protegido durante el trayecto, pues... no se habían enterado. Las noticias del otro lado del mundo donde todo era bonito y próspero, siempre eran así, bonitas, prósperas, pero, sobre todo, noticias de un futuro prometedor.

Para Claudia, hoy comenzaba una nueva aventura... que le aterraba imaginar, que le daba miedo, pero que no tenía más remedio que vivir. Algo mucho más fuerte que ella la empujaba a iniciar el reto más grande de su vida. "¿El Señor? ¿Mi Virgencita de la Merced?". Lo único que Claudia sabía era que les rezaría a cada rato, pidiendo protección y estaba convencida de que ellos no fallarían.

Su madre Fernanda le había entregado al coyote todos sus ahorros, que no alcanzaban ni para la mitad de lo que él cobraba.

—No se preocupe, yo le hago el favor. Deme lo que tenga —había dicho el hombre mirando de arriba a abajo a Claudia, con ojos de lujuria.

Su madre entendió que el favor se lo haría su hija a él, un marrano asqueroso, grasoso y panzón. Pero la recompensa que tendría por este sacrificio de entregar la virginidad a cambio de una mejor vida, para Fernanda valía la pena.

Claudia tomó su mochila, con un par de mudas de ropa, algo de comida en lata, agua, y productos básicos para la higiene. Le dio un fuerte abrazo a su mamá, con un terrible dolor en el corazón porque presentía sería el último, y emprendieron el viaje. El grupo estaba formado por seis hombres, dos mujeres y cuatro niños cuyos padres los habían enviado solos con la misma esperanza de una vida mejor en ese país de los libres y los valientes.

Llegó la noche después de horas y horas de caminar entre la maleza y sembradíos, en donde Claudia, sin importarle, tuvo que cargar en sus brazos a uno de los niños que no podía seguir caminando más por el agotamiento.

Estaban en medio de la selva y la oscuridad comenzaba a arroparlo todo, apenas se podía ver. Los ruidos de la vida silvestre noctámbula y aterrorizante, comenzaban a despertarse, y Claudia se sentía como si estuviese en medio de una película de terror en donde en cualquier momento un animal despiadado iba a tomar protagonismo fatal en el final de uno de los personajes principales.

Claudia estaba tan cansada como nunca en su vida, y las ampollas en los pies comenzaban a reventarse. Después de dejar dormidito a Josué, a quien cargo por tres horas porque este niño de 9 años no paraba de llorar por el terror de estar separado de sus padres, Claudia buscó un rincón donde echarse. Se sentía que no tenía fuerzas ni para respirar, pero cuando el sueño casi se adueñaba de ella, sintió que le hablaban.

—Más te vale que no grites y me pagues lo que me debes. —La amenazó el coyote.

Estaba asustada, no sabía qué hacer. La caminaron por un largo trecho a través de la selva, lejos del grupo, de los niños, de las mujeres. Ahí no solo estaba el coyote sino también otros tres hombres y su vecino. La tiraron al suelo y le bajaron los pantalones. El primero en tomar su turno fue el Coyote, que la penetró rápido y a toda prisa. Ella no podía aguantar el dolor, nunca le había dolido nada tan intensamente. En menos de un minuto, ya estaba eyaculando. Y Claudia sintió cómo la sangre y el semen manchaban sus muslos, y cómo las lágrimas le corrían hasta el cuello. Después vino otro, y otro, y otro. Sin piedad, como animales en celo se desbocaron dentro de ella.

Ese fue el principio de un mes y medio de pesadilla. El tiempo que le tomó llegar a suelo estadounidense. El coyote la dejó en la casa de una conocida en Tapachula, estado de Chiapas, en el sur de México. La señora Gómez ya estaba acostumbrada a recibir pobres almas de Dios de parte de este hijo de puta. Ella sabía lo que habían pasado, así que sentía que, como católica, su deber era darles techo y alimento, pero sobre todo aliento para que siguieran su camino. Era una casa de refugio y sosiego ante tanta dura realidad.

—Hola Claudia, le voy a preparar el almuerzo y su recámara, el baño está al final del pasillo. Coma y descanse que mañana le toca conocer a la Bestia, pero no se preocupe mija, que usted la va a dominar. —le dijo la Señora Gómez.

A pesar de estas palabras que la amenazaban, Claudia se sintió agradecida por ese descanso que le daba su virgencita. Apenas pudo comer, pero sintió la ducha caliente y el jabón como si fueran un tesoro. Se acostó a dormir como hacía tiempo no lo hacía, sin pensar. No quería pensar en nada, ni en el pasado, ni en el futuro, solamente en su aquí y ahora donde estaba, en ese cuarto desconocido pero que le ofrecía seguridad y protección. Se durmió rápido y tuvo un sueño muy extraño; se veía en una sala de corte frente a una jueza y muchas personas, defendiendo a Josué, a quien dejó de ver durante la travesía porque el coyote se lo entregó a unos hombres cuando estaban en Honduras. En su sueño, Josué, a quien conoció en Nicaragua llorando y de nueve años, era ya todo un hombrecito.

Al otro día y después de haberle servido un desayuno de huevos y tortillas, la señora Gómez le presentó a tres hondureñas.

—Va a ir con ellas, protéjanse en el camino. Y Claudia, tome esto, mi guadalupana nunca falla —le dijo al tiempo que le entregaba una chapita de la Virgen de Guadalupe.

Claudia se lo agradeció, y lo presintió como una señal.

Las cuatro mujeres se tenían que subir a La Bestia, ese tren de carga que va de México a la frontera con Estados Unidos y que tragaba con todo lo que no deseaba —piernas, manos, cráneos—. Había que ser muy ágil, pero, sobre todo, muy valiente y tener mucha suerte para enfrentarse y sobrevivir a ese diabólico ser de metal, también llamado "traga-migrantes".

Ya allí, al lado de sus rieles, Claudia no sabía qué esperar, solo que no había horario fijo para que apareciera. Pensaba en esto cuando escuchó su rugir. Un zumbido infernal que anunciaba su llegada. "Ahí viene, ahí viene", escuchó decir a otros grupos de personas a su alrededor. Era el momento. Había que subirse y rápido. Claudia se agarró de unos hierros y escaló a toda prisa desplazándose acrobáticamente. Arriba, había grandes rollos de chatarra que ya estaban ocupados en su interior por otras personas, así que le tocó saltar de un vagón al otro hasta encontrar uno no tan abarrotado.

—Señorita, son 20 horas y la selva es peligrosa por las ramas. Mejor se acuesta todo el camino —le dijo una mujer que cargaba a una niña como de dos años.

Hacía calor y el viento seco quemaba. A su lado, un joven perdió el balance, tal vez por el agotamiento, y cayó sobre los rieles. Un grito ensordecedor y no se supo más de él. La Bestia no se detenía por nadie. Montar ese ser endemoniado era una prueba física pero más aún, un reto mental.

El día que cruzó la frontera, no tenía uñas en los pies, y las plantas estaban llenas de llagas. Estaba empapada, su cuerpo temblaba por dentro y su alma temblaba de miedo, porque acababa de cruzar el río Bravo del Norte y ni siquiera sabía nadar. Además, tampoco sabía si iba a tener la entereza de enfrentar esta otra parte del camino, cuando durante la primera, lo que le habían dado ganas era de haberse quedado dormida en el desierto con sed, hambre y calor, hasta que la muerte hubiese llegado compasiva a encargarse de ella, como a tantas personas les había pasado.

Pero no, Claudia cruzaba victoriosa la frontera, porque, a pesar de que ella lo desconocía, la luna llena hacía cuadratura con Venus y el benevolente planeta irradiaría todo su amor a través del cosmos. En ese momento, una de las hondureñas que viajaban con ella, le dijo:

—Vamos a casa de una prima mía cerca de aquí, ven con nosotras.

CAPÍTULO
6

Vudú para el amor

En vez de ir a un restaurante a la hora del almuerzo, Laura se tomó un batido de proteína, así que tenía una hora entera para disponer a su gusto. Llevaba muchas semanas ya — "¿Cuántas? ¿10, 12?" —, en esta nueva rutina de ejercicios, de comer saludable, de cuidarse y ponerse ella en primer lugar, como no lo había hecho en décadas. Era como si presintiese que algo maravilloso estaba a punto de llegar. Y todo comenzó ese primero de enero, cuando vio aparecerse ante ella el espíritu de su abuela, su Yaya, asintiendo con la cabeza, como diciéndole "sí, lánzate". Y la luna llena gigantesca y totalmente verde, verde de esperanza. No, ese día no había entendido cómo interpretar esas apariciones, pero desde entonces no podía evitar hacer otra cosa que buscar la mejor versión de sí misma.

Durante su hora de almuerzo, Laura decidió ir a la librería, ya que era uno de sus sitios favoritos. Era esa mezcla de olor a papel nuevo y la sensación de que aún había tanto que aprender en la vida, lo que le fascinaba de ese lugar, que para ella era mágico. Se alegraba de que no solo había una al doblar la esquina de su trabajo, si no una tan especial y con tanta historia como Books and Books. Además, se había hecho muy amiga de Eleonor, la dependiente de la tienda, amante de la lectura y sabia, que cuando su marido murió pensó que, o se ahogaría en el dolor de la depresión por la partida del hombre de su vida, o emplearía su tiempo en cosas positivas.

Y así lo hizo, se fue a trabajar entre libros; una de las grandes pasiones de su vida, a pesar de que no le hacía falta, considerando los millones que se acumulaban en su cuenta de banco, sin ningún heredero que los reclamara el día que ella partiese a otros mundos.

Eleonor era una mujer elegante, de 81 años muy bien llevados, lúcida y profunda de pensamiento, de buen vestir de pies a cabeza con marcas exclusivas europeas, telas exquisitas y líneas sobrias. Sus ojos azules reposaban plácidamente en un manto aun claro que irradiaba luz positiva y juvenil. Su pelo, intensamente blanco, todavía brillaba como en su adolescencia. Era una de esas ancianas que se veía a leguas que en su juventud había sido una belleza clásica, de nariz respingada, barbilla definida, frente ancha, un rostro que daba gusto mirar.

Una mujer muy inteligente a pesar de que no llegó a la universidad, porque en esos tiempos los padres adinerados se encargaban de buscarle a sus hijas un buen partido y enseñarles las faenas importantes de la vida: tocar bien el piano, coser, llevar una plática agradable, ser buenas madres y, más importante aún, ser excelentes esposas.

Eleonor era de Luisiana. Había crecido en una hacienda de algodón donde todavía los empleados podían contar las terribles historias de sus abuelos esclavos; sí, de esas, de latigazos por haber cometido un tonto error y de linchamiento por haber querido escapar buscando una mejor vida. Una realidad que a Eleonor le avergonzaba de su familia. Ella era muy liberal a pesar de haber nacido en el seno de un círculo conservador.

Sus ancestros habían tenido mucho dinero, pero a su padre le gustaban el juego y las apuestas, y había ido perdiendo mucha de la fortuna que había heredado de su propio padre, en tiempos en que la industria del algodón había dejado de ser el codiciado imperio que alguna vez fue.

Como tantas mujeres en esa época, las condiciones físicas de Eleonor y su codiciable apellido francés se volvieron la carta que utilizó la familia para no caer en la miseria. Una historia tan común en esa región que ya se aceptaba como normal. Pero en este caso, los dioses —y varios de ellos de diferentes esferas, no solo del Olimpo— veían a Eleonor con buenos ojos y, por un lado, mandaron a Eros para que terminara enamorándose perdidamente del galán que salvaría a toda la familia de la ruina, y por el otro, diosas africanas hicieron sus esfuerzos en el joven elegido.

Ernesto fue el amor de su vida desde el día en que lo conoció. Lo único que le reprochaba al destino, era que este hombre maravilloso, que llenaba sus días de felicidad y sus noches de erotismo, no tuvo la capacidad física de darle hijos. Algo que la desgarraba aún —y a estas alturas, el corazón— pero prefería pensar que no importaba ya, porque así no tuvieron ninguna distracción para un amor que se prendió en esa cena en su residencia de Luisiana;

un encuentro que ambas familias habían planificado para presentar formalmente a los futuros cónyuges.

Eleonor, rebelde, no se había ni aseado. Tampoco se cepilló los dientes y, mucho menos, se peinó el cabello, como se hubiese esperado de una señorita de la alta sociedad. Pero le fastidiaba, la ofendía y le daba rabia que, a sus 17 años, estuvieran tratando de casarla con alguien que jamás había conocido, y seis años mayor que ella.

Sin embargo, no podía desobedecer a sus padres, como le había prevenido la negra Loreta, que era más madre para ella que la biológica.

—No, cariño. Vamos, no seas rebelde, no puedes esconderte esta noche. Baja a la sala a la hora acordada, que, si no está para ti este chico, la vida te lo aleja, y si no te lo aleja a pesar de que no es para ti, yo te puedo ayudar con algunos rituales de mis ancestros. Y esos, esos sí funcionan. Pero, eso sí, debes ser tú quien me traiga siete piedras pequeñas, encontradas y escogidas al azar por ti, las que te llamen la atención. Esa parte no la puedo hacer yo, tienes que ser tú. Me dejas saber si el joven te agrada o no y, rápidamente, yo comienzo a preparar un muñeco —le había dicho abrazándola con esos brazos gordos de mucho *gumbo*, *jambalaia* y trabajo físico.

Cuando Eleonor, más tranquila, recostó su cabeza en ese pecho gigantesco y acolchonado, que la había acogido mil y una vez en los momentos de congoja y tristeza, se sintió mejor y obedeció.

Pero Loreta, que sabía el tipo de familia que era la Blanchard, estaba convencida de que, aunque Eleonor hubiese considerado repugnante al galán en cuestión, aun así, la hubiesen casado sin remordimientos. En cuanto

Eleonor le trajo las piedras. La negra, de un peso cuantioso, salió del cuarto de su niña, a quien había tenido en sus brazos desde el día en que nació, y a toda prisa —casi corriendo—, llegó a su dormitorio, que quedaba en la parte trasera de la mansión, donde se encontraba la cocina. Hacía muchos años que no se apresuraba así y sentía que su corazón quería salirse del pecho, pero esto era cuestión de vida o muerte. Así que cogió una tela y se dispuso a coser y rellenar rápidamente con tierra dos pequeños muñequitos. Apenas dos ojos con cuatro botones diferentes que había encontrado en la gaveta de costura; la nariz, una punzada de hilo vertical y, para la boca, dos más largas y horizontales. El tiempo no daba para más. Tenía que terminarlos antes de que él llegara y empezar con el ritual del vudú. Con la sal que había traído de la cocina, hizo un círculo en el piso de su cuarto, una recámara diminuta en donde apenas tenía espacio; pero era lo que había, ya que no podía hacer este ritual en la casa de sus patrones, sin que la despidiesen.

La madre de Loreta, quien también había trabajado hasta su último día para los Blanchard, le había enseñado el ritual del amor de la diosa Erzulie, para que su hija encontrara al hombre de su vida. Pero Loreta nunca lo hizo, hasta ahora. Su vida prefirió dedicársela a la niña Eleonor, a quien amó desde que la madre se la puso en sus brazos.

—Aquí está la bebé. Excepto por la nodriza, te corresponde cuidarla. Puedes dormir en su cuarto hasta que yo lo estime, Loreta —dijo fríamente la señora de la casa, que se notaba muy impaciente por soltar a la criatura y empezar a dedicarse a su recuperación.

—¡Oh, que la tierra, el aire, el agua y el fuego se unan en este amor! ¡Oh, gran Diosa Erzulie, escucha mi ruego, que nunca te he pedido un gran amor. Es para mi niña, para que ella esté bendecida por siempre y ambos, eternamente enamorados. Aquí, en esta vela, está la luz, que es el fuego de la pasión. Te la dedico. Aquí está la tierra, que da la seguridad y que tú dominas. La honro. Aquí, el aire que soplo de mis propios pulmones con toda mi energía, para que sea el de ellos, un amor ligero y fácil como la brisa, aunque tempestuoso en la pasión, como vientos huracanados. Aquí te ofrezco el agua, que riego sobre ti, para que el de Eleonor y Ernesto sea un amor limpio y cristalino, y que fluya como fluyen las corrientes suaves de los ríos que llegan al inmenso mar del amor... ¡Oh, Diosa Erzulie, que estos dos seres, que te pongo a tu disposición con el fuego, la tierra, el agua y el aire, se amen en un amor eterno! Erzulie, clamo tu amor. Erzulie, clamo tu pasión... fuego, tierra, agua y aire. —Y Loreta rezó y rezó sus encantaciones, en lo que cosía cada puntada y soplaba sus respiraciones profundas, y pensaba en esa diosa maravillosa del amor, en la religión africana.

Y en otra dimensión, que aún no conocemos y —mucho menos— entendemos, Erzulie, la diosa del amor en el vudú, y Eros, el hijo de Afrodita y de Marte, luciendo como un querubín, con sus ojos vendados y sus flechas, se encontraron y se confabularon para que ambos, señorito y señorita, se enamoraran perdidamente y para siempre. O eso fue lo que quiso creer Loreta, siempre tan segura de que los dioses escuchaban plegarias.

La reunión empezaría en la espléndida sala de su casa, donde un piano negro era el centro de atención entre los muebles estilo francés, para presentar formalmente a la pareja. Él, un señorito adinerado que había ido a la cita poniendo también oposición, al punto de que había amenazado a su padre con recoger sus cosas y marcharse al Viejo Mundo, donde nadie sabría nunca más de él. Pero su familia le insistía que les diera una oportunidad, porque relacionarse con el apellido Blanchard dispararía las conexiones de sus negocios y haría mucho más fácil aumentar las ganancias de la empresa exportadora e importadora que habían creado hacía poco, pero con unos resultados financieros impresionantes. Nada estaba por escrito, solo tenía que conocer a la muchacha, que —sabían ellos— era hermosa.

Ernesto subía con apuro los escalones blancos para llegar a la entrada principal de la majestuosa hacienda, muy sureña y elegante, con columnas también blancas y puertas de madera imponentes; tan altas, que podían dejar pasar a elefantes... de esas que daban trabajo abrir y cerrar.

Y toda su vida le cambió en un segundo mágico. Al ver los ojos de Eleonor, Ernesto sintió que las rodillas se le aflojaron y que tenía mariposas bailando en su interior. Nunca había visto a una mujer tan hermosa, pero eso no era lo que más le impactaba. Es que sintió, como le confesó a ella unos meses después, que la conocía desde siempre, que podía descansar —por fin— en esa mirada, que había encontrado eso que no había descifrado, pero que buscaba, aun así, desde hacía varios años.

Nunca más Ernesto se quejó ante sus padres de ese encuentro. Al contrario, le agradeció a Dios que el destino lo pusiera al lado de esta mujer.

Eleonor, por su parte, lo primero que pensó después de sentir, también, alas batiendo fuertemente en su estómago, fue: "¿Por qué no me bañé? Probablemente, hasta huelo mal".

Años más tarde, tomando el té con Loreta, Eleonor se reía y le decía a su negra favorita: "Ay, mi Loreta, me hubiese enamorado de Ernesto, aunque no hubiesen existido dioses en el Olimpo, en el Paraíso, en el Sion y en todos esos lugares de la imaginación que el ser humano ha creado para entender y justificar su propia existencia".

Pero Loreta, sabiendo que la vida es mucho más que el mundo material, y creyendo que somos solo parte de un todo mucho más complejo del que entendemos, de repente vio a la Diosa Erzulie aparecerse en el fuego de la chimenea, tan clara y real, que no le quedó más remedio que guiñarle el ojo y prometerle que le rezaría largo y tendido esa noche por su niña Eleonor, que había nacido incrédula y rechazaba lo esotérico, lo místico y lo religioso.

La historia de Eleonor le había encantado a Laura y, desde que ella se la contó, ambas se hicieron muy buenas amigas.

—Vudú o no vudú, has tenido una vida bendecida por el amor, como mis padres. Eres afortunada, no todas logramos sentir el verdadero amor —dijo Laura.

—¿Y por qué piensas que el amor nunca te llegará? Yo soy agnóstica, pero aun así creo que la vida te da sorpresas y, Laura, todavía te queda mucho por vivir —le contestó la anciana.

Laura sentía que Eleonor era una maestra, una gurú intelectual que le sugería siempre los mejores libros que la ayudarían en su vida. Compartía con ella conocimientos y experiencias que la enriquecían.

Ese día, Eleonor estaba ocupada atendiendo a otros clientes, así que Laura la saludó de lejos con la mano, dejándole saber que no se preocupara, que no la quería interrumpir y que hablarían en un rato. Se fue directo a la estantería de los libros de autoayuda, ya que el proyecto de buscar la mejor versión de sí misma era uno que requería no solo la parte física, sino también la mental y la emocional. Laura ojeaba los libros enfrente de ella, cuando una voz le dijo:

—Te recomiendo este.

En ese momento, su vida cambió para siempre. Se volteó para ver a ese hombre y sentir que el universo entero se detenía ante su presencia. Un corrientazo eléctrico la recorrió del estómago al pecho, a su vagina y de vuelta al pecho, y se le hizo difícil respirar. Él estaba ahí, frente a ella. Laura recordó a su abuela, a la luna verde, y el "lánzate". Él era la justificación de esa experiencia mística.

Alto, delgado, de pelo negro lacio y un poco largo, que le cubría en parte las orejas, tenía espejuelos y una camisa blanca de hilo con las mangas dobladas. Parecía un escritor. Laura comprendió que todo lo que ella había estado viviendo hasta ese entonces valía la pena. Era él, un imán que la atraía de forma sobrenatural. No tenía palabras, se sintió muda y empezó a temblar.

—¿Ese? —apenas preguntó.

—Sí, si quieres. Es el que te recomiendo. Soy Gustavo —le dijo, extendiendo la mano y mirándola muy profundamente a los ojos—. Muy filosófico, ayuda a poner la vida en perspectiva. Te hace reflexionar de por qué has vivido lo que has vivido, y por qué no te has atrevido a vivir más intensa y honestamente otras versiones de tu propia vida —agregó.

La conversación comenzó a fluir, aunque era él quien más hablaba. Al cabo de un rato en el que Laura no paraba de sentir que le movían el piso, Gustavo la invitó a almorzar y, ante su rechazo inicial, optó por ofrecerle un café o un vino en el restaurante de esa librería. Laura pensó en Emilio, pero, ¿qué probabilidad habría de que su esposo entrara en ese lugar a la hora del almuerzo? Él trabajaba lejos de allí.

—Ok, un café. No, mejor una copa. La verdad es que estoy pasándola bien —le dijo ella, preguntándose por dentro qué estaba haciendo, si había perdido la cordura al aceptar tomarse un vino con un extraño.

Fuera lo que fuera, algo la empujaba con fuerzas a darse la oportunidad de vivir lo que estaba viviendo, aunque con esos nervios pensó que él se daría cuenta de que temblaba por dentro. Aun así, se sentía eufórica, seducida por este hombre que le encantaba como nunca antes nadie le había gustado en su vida. Esa tarde, Laura no regresó a su trabajo.

CAPÍTULO
7

El alma de Bob

La música de Bob Marley llenaba agradablemente todo el espacio del apartamento con una energía maravillosa.

—*Don't let them change ya, oh!* — *Or even rearrange ya! Oh, no! We've got a life to live... could you be loved... could you be loved.* —Cantaba Nina con toda la fuerza de su aterciopelada voz, sin inhibición alguna... y para sus adentros contestaba que sí. Esa era una de tantas canciones que le tocaban el alma, que —imaginaba— se habían escrito específicamente para ella. Bob había sido su ídolo, su cantante favorito. Comprendía el mensaje que este genio quería llevar a su pueblo oprimido, a través de letras cargadas de rebelión y espiritualidad.

Lo que no entendía Nina, pero aceptaba, era que su vida había sido truncada a los 36 años por un melanoma en una uña del pie. La muerte más absurda e irónica.

¿Cuántas canciones no se llegaron a componer? ¿Cuántos mensajes liberadores? Los designios del universo... esos, mejor no se cuestionan.

Miró a sus ojos. Bob Marley, con sus *dreadlocks* despeinados, una sonrisa de oreja a oreja, su cabeza volteada hacia atrás a la izquierda y triunfante, decoraba una de las paredes de la pequeña sala en un póster que Nina había mandado a enmarcar como si fuera una obra de Picasso. Le había costado caro, fuera de su presupuesto, pero no le importaba. Él era el hombre más guapo que había visto en su vida. Pensó que, tal vez, por alguien así, sí hubiese experimentado la heterosexualidad. O tal vez no.

Para ella, su apartamento era un espacio sagrado. Pequeño, sí, pero no necesitaba mucho más. Un sofá blanco con cojines rojos, verdes y amarillos, una alfombra de la "Flor De Vida", hasta para recordar su pasado. El sillón color azul en la otra esquina, con su pequeña alfombra mullida y blanca para aquellas noches en las que la soledad la consumía y alguna chica lograba seducirla. Además, y parte fundamental de la decoración, sus plantas. Cada una tenía su propio nombre y llenaba de vitalidad —con su energía reparadora, *prana* pura— el espacio que Nina ocupaba en ese rinconcito del universo.

Nina cantaba. Cantaba mientras preparaba uno de sus platos favoritos. Los olores del jengibre y el ajo bailaban, entremezclándose como buenos amantes, en el aire de la cocina. Sin restringirse en su danza, se desplazaban por todo el apartamento.

Nina era impecable con su alimentación. Todo debía ser orgánico, fresco, nunca procesado. Comer así no era un deber autoimpuesto por la vanidad de mantener una figura esbelta, como tantas alumnas de su clase. No, para Nina alimentarse equilibradamente era parte de su espiritualidad, no solo para mantenerse en buen estado de salud sino también para conectarse con la Madre Naturaleza. Una sabiduría que formaba parte de su vida desde pequeña, por haber nacido en el seno de una familia rastafari.

—*Could you be loved*—Cantaba Nina mientras cortaba las berenjenas.

Se sentía eufórica y feliz. Había una energía revoltosa que había aparecido en su plexo solar en el momento en que conoció a esta nueva estudiante, que llegaba a su clase y que —presentía— llegaba a su vida para quedarse. Anouk... le encantaba hasta su nombre. Fue por lo que vio en su mirada. Leyó ahí, en ese instante, la propia luz que irradiaba desde su interior.

No se había sentido así desde sus días con Amancia, la maestra de yoga del hotel Courtleigh. Ella no solo fue su primera experiencia sexual consentida, sino que le enseñó el camino y la empujó a certificarse como instructora en esa filosofía hindú, la cual encontró mucho más profunda y abarcadora que el rastafari. Aunque no se había desprendido del todo de su religión original y mantenía el respeto por la vida, la comida *ital* y el *ganya* como vehículo sagrado para conectarse con lo divino, consideraba que su unión vertical con Dios había trascendido con las prácticas del yoga, las meditaciones y los mantras. Pero, sobre todo, había ayudado a calmar la ansiedad y a disminuir el dolor que le entró en el alma a los nueve años y que volvió a afincarse a sus 17 años, cuando Keyla la rechazó y les contó a varios compañeros sobre su confesión de amor. Además, el rastafari, como todas las creencias abrahámicas, era demasiado machista y patriarcal, y Nina no podía conciliarse con esa realidad. Al fin y al cabo, las religiones habían sido creadas por el hombre y para el hombre, desplazando a la mujer a un nivel inferior que no se merecía.

«¿Regresará a clase mañana?», se preguntaba Nina. Anouk le había dicho que sí después de terminar la práctica, la cual —aseguró— le había encantado. "¡Pero qué difícil! Hace tiempo que no hago ejercicios y me siento... oxidada".

CAPÍTULO
8

El sueño de Lesbos

Anouk no podía explicar eso que le pasaba. Sabía, sin embargo, que era algo trascendental e inevitable, como el sol saliendo por el este cada día. La forma como comenzó todo le parecía absurda, porque había sido a través de un sueño. Un sueño que sentía muy real, pero, sobre todo, profético. Se despertó de él en medio de la noche con todo su cuerpo encandilado, sediento, húmedo. No pudo hacer otra cosa que darse nuevamente placer. Esta vez, no necesitaba ver ningún video; su sueño era ya demasiada inspiración. Sus dedos comenzaron a rebuscar sobre el centro de su goce, cada vez más rápido. Fantaseaba con Nina, su nueva instructora de yoga. Al principio, se imaginó acostada durante *Shavasana*, con la luz del salón muy tenue, casi en oscuridad. El silencio solo se interrumpía por una música de relajación que le sonaba como de la India. Sintió los pasos de su maestra acercarse despacio, y luego sus manos, primero, presionando con sutileza sobre sus hombros y enseguida, posándose en sus orejas en un momento que Anouk percibió exquisitamente largo y que le hacía gritar por dentro que no terminara. Su cuerpo se erizó maravillosamente cuando la instructora le dijo, con acento jamaiquino, "Relájate, *Om-Shanti-Om*".

Esa mañana sonó el despertador y, en vez de odiarlo y de pensar que tenía que enfrentarse a otro día más —de horas idénticas, entrelazadas entre sí, que iban marcando un calendario insípido donde no se asomaba ni la promesa de una aventura— Anouk saltó de la cama. Estaba eufóricamente feliz porque sentía algo demasiado parecido al amor. Por ahora, no quería pensar en nada más.

Sí, tenía que espabilar a Santiago y a Sebastián, aunque ambos estaban demasiado grandes para que ella tuviera que ser su despertador, pero eso cambiaría desde hoy. Y también tenía que prepararles el desayuno y alistarlos para el colegio. Pero, a partir de mañana, serían ellos los que deberían tomar esa responsabilidad. Ya era el momento de liberarse un poco de ser la empleada doméstica de dos adolescentes de 14 años.

Anouk no podía esperar a que fuera la hora de la clase donde vería otra vez a Nina. Al llegar a su oficina, una firma de diseño y arquitectura, la recepcionista le preguntó qué se había hecho, que se veía radiante y más joven.

—Si fuiste con un nuevo dermatólogo, pásame el dato, por favor —le dijo, y Anouk rio.

Se sentía eléctrica. Estaba tan inspirada, que los diseños del lobby del hotel en Miami Beach que estaba remodelando, le fluían con mucha creatividad. Las ideas y la inspiración llegaban a su mente casi de forma mágica, al punto que su socio le dijo:

—Me fascina, ese va a ganar premios.

Esa tarde, se fue de compras a *Lululemon*. Dos nuevos conjuntos de yoga, y no se llevó más porque sabía que iba a bajar de peso, a perfeccionar su cuerpo como lo estaba haciendo Laura, que era algo que ella también sentía de urgencia.

Anouk esperó en el salón del gimnasio con su colchoneta, el bloque de principiantes y su nueva ropa. Estaba felizmente nerviosa, era una sensación difícil de explicar. Faltaban más de 30 minutos para que empezara la clase, y aún no había llegado nadie. En el momento en que pensaba si era conveniente irse un rato a la estera a quemar calorías, apareció Nina:

—¡Anouk, qué bueno verte! —le dijo con ese acento maravilloso.

La misma sensación del día anterior —cuando la había visto por primera vez y luego la soñó— volvió a aparecer en todo su cuerpo. Era un impulso ancestral de querer abrazar, besar y proteger a esa mujer tan diferente a ella... negra, jamaiquina, que parecía *rasta* con el pelo entrenzado, un *japa mala* —el rosario hindú— colgado del cuello, y que olía a incienso, con unos ojos que —sentía— había visto una y otra vez en tantas existencias.

Anouk nunca se había cuestionado si era lesbiana, si le gustaban las mujeres. Pensaba que su preferencia a la hora de mirar pornografía venía por lo sutil y sublime que era el cuerpo de la mujer. Su apreciación del arte y la belleza la obligaba a inclinarse por el cuerpo femenino, que consideraba estéticamente muy superior al del hombre.

—¿O no? —se preguntó por primera vez.

—¿Cómo estás, Nina? ¿Sabes que me duele todo de ayer? Hacía tanto tiempo que no me ejercitaba —le dijo Anouk.

—El yoga es mágico, te va a ayudar mucho. Y recuerda que el cuerpo físico es un proceso y que el cuerpo real es energía. Conéctate con esa energía y pídele que se acuerde de cómo era antes, sin las cargas y dolores emocionales —le respondió Nina.

—¿Qué edad tienes? Perdona la pregunta —se atrevió a decir Anouk, porque Nina era una mujer sin tiempo.

—56 —le contestó. Anouk no podía creer que le llevara tantos años y pensó que físicamente ella se veía mayor que su maestra.

—Es el yoga, el estado mental y la calidad de tus pensamientos que se vuelven realidad como una varita mágica. Pero tú eres hermosa, Anouk, y te ves estupenda —le dijo con una sonrisa que a ella le causó excitación. Y durante toda la clase, las miradas entre ambas fueron marcando el mapa del destino en común de lo que serían sus vidas desde ahora en adelante.

CAPÍTULO
9

La culpa es de Urano

—Es Urano... no hay nada que hacer. —Con esas palabras, la astróloga sentenció a Laura y, al mismo tiempo, la redimió de toda responsabilidad. O, por lo menos, ella así lo quiso pensar. Sentirse libre de toda culpa, lavarse las manos como Poncio Pilato.

Gustavo era una fuerza descomunal, un imán inevitable. Jamás se había sentido así por ningún hombre y estaba convencida de que jamás volvería a experimentar este deseo por nadie más. Por nadie más. Solo él... solo él... había sacado una cita con Clara Fortuna porque una colega del trabajo —Stephanie, la secretaria— había jurado que la astróloga le había hecho la mejor lectura de su vida. "No solo vio mi pasado; también todo, todo por lo que estoy pasando ahora con mi novio y, por supuesto, me anticipó el futuro, el cual ya me olía que sería así como ella me dijo". Eso le había contado esta chica de 27 años, que le recordaba a ella misma a esa edad. Alta, guapa y apasionada, sin importar si la intensidad de esa energía iba dirigida a escoger el restaurante para el almuerzo de su compañía, el nuevo diseño de las tarjetas de presentación de los empleados, o a contarle a todos sobre el libro que acababa de leer.

Laura necesitaba entender tantas cosas: la llegada de Gustavo a su vida, o el haber visto a su abuela y a la luna verde bajo extrañas circunstancias, que aún se preguntaba si habían sido una alucinación. Además, por qué no ir donde una astróloga para entender más de ese mundo oculto, que por primera vez quería abrazar de lleno y sin miedo.

De niña supo que tenía el don de ver otras "cosas", de tener presentimientos, sueños premonitorios y una intuición nítida y clara que la asustaba. Podía percibir que siluetas pasaban muy rápido al lado de ella y, a veces, hasta las divisaba por el rabillo del ojo... Un regalo o —mejor dicho— una maldición que, a los 8 años, le dio mucho miedo y la obligó a olvidarse del asunto por décadas. Hasta ahora, en sus cuarenta. Tal vez, era Urano —como acababa de explicar la astróloga— que había llegado al signo de Tauro, cambiándolo todo. No tenerle miedo a nada y ser valiente para experimentar cualquier cosa... hasta lo oculto, lo prohibido, sin importar lo que piensen los demás.

Se alegraba tanto de que Sofía la hubiese acompañado; era una verdadera amiga, incondicional y para toda la vida. Todavía no le había contado sobre él, sobre Gustavo. A pesar de que la relación no se había consumado, sabía que —inevitablemente— ese momento llegaría. Pero quería estar segura de que lo que estaba viviendo no era un error craso, de esos que llevan a querer terminar con todo —hasta con la propia vida— de un plumazo.

Allí, en la sala de la astróloga, mientras esperaba a Sofía —que había entrado primero— Laura miraba los cuadros en las paredes: uno del cuerpo astral, otro de los chakras, de las diferentes capas del aura, de los signos zodiacales en el firmamento. Así, se acordó de que, cuando era pequeña, llevaba consigo todo ese conocimiento; simplemente, lo sabía como si tuviera una conexión con la biblioteca akáshica. Hasta ese día, cuando apenas tenía 8 años, que vio claramente, en medio de la sala de la casa de sus abuelos, a su tío. Estaba traslúcido y brillante, pero con una expresión de confusión, de desesperación, como de no entender lo que estaba pasando. A Laura todavía no le habían dicho que su tío había muerto a destiempo en un trágico accidente vehicular, dejando a su esposa demasiado joven y con dos hijos pequeños, sola y a merced de la vida.

Gladys no había ido a la universidad, ya que, en Cuba y con el régimen de Fidel Castro, el estudiar una carrera, para ciertas familias disidentes, era un sacrificio de trabajo físico que miles de jóvenes pudientes no estaban dispuestos a soportar. Era un sistema que ellos repudiaban por todos los amigos, conocidos y desconocidos fusilados en el paredón porque no cuadraban con él. Y la ironía más grande era que Castro era un riquitillo de clase media alta, acostumbrado a la educación jesuita, a las *Ivy Leagues* de Estados Unidos y al buen vino en la mesa de su casa cada tarde de domingo, o cuando a alguien de la familia se le antojaba.

La vida que le esperaba a Gladys, sin estudios ni profesión, y ahora sin marido, era todo un reto. Oscar, deambulando desesperado por la casa, lo sabía y quería gritar a los cuatro vientos que esto que estaba pasando, no podía ser, que Dios no podía ser tan despiadado. Pero nadie lo escuchaba o le hacía caso. Al fin y al cabo, había sido su culpa, su responsabilidad, por haber bebido tanto esa tarde de desespero, en la que supo que había perdido el trabajo que sustentaba a su familia en este nuevo país.

La imagen del tío Oscar no la asustó en ese momento sino aquella noche, cuando su mamá le contó que una tragedia había sacudido a la familia y que su tío había pasado a mejor vida. Entonces, Laura se percató de que estaba muerto, pero no en una mejor vida, sino en una dimensión de horror y agonía. La idea de que había un cielo donde Dios algún día la acogería con los brazos abiertos, se desvaneció para siempre en ella, y pensar en su tío o en cualquier espíritu, desde entonces, la aterrorizó.

—Urano es uno de los planetas que más tarda en transitar el zodíaco completo. —Comenzó explicando Clara.

—84 años, para ser exactos. Es el planeta desestabilizador, de la independencia y de las sorpresas. Muchos le tienen miedo, porque cuando llega, arrasa. Pero es realmente maravilloso; con su color verde esperanza, viene a romper con lo que ya no sirve, y la fuerza que da al signo que llega, bueno, me imagino que ya sabes... Entró en tu signo, Tauro, el 15 de mayo, pero su influencia probablemente la comenzaste a sentir desde el primero de enero —le explicó mientras hacía cálculos con su computadora.

—¡Así que no era la Luna sino el mismo Urano lo que se me presentó! —se dijo a sí misma, sorprendida.

Si no fuera porque con el nuevo año había cambiado su paradigma, como si hubieran lavado su cerebro o reprogramado su personalidad, no le hubiese creído a Clara que un planeta ejercía tanto poder en la vida de alguien.

Pero sabía que la astróloga tenía razón: algo maravilloso le había pasado... la luna verde —que resultó ser el planeta— su abuela apareciéndose y esta nueva sensación que colmaba su ser... Sentía que toda ella irradiaba energía y que tenía ganas de vivir apasionadamente cada segundo de su existencia.

—Urano llegando a Tauro, ¿eh? Pues que venga Urano... que traiga lo que sea, porque no me he sentido así en años, y esta sensación nada ni nadie me la va a quitar —le dijo a Clara al finalizar la lectura hecha con un programa informático, donde se introducía la fecha y la hora exacta del nacimiento.

Pero Laura presentía que, aunque Urano no estuviera en su signo, de todas formas, Gustavo hubiese llegado a ella, trayendo todo el torrencial de pasión. El haberlo conocido —presentía— era simplemente un decreto divino.

CAPÍTULO
10

La venganza de Gea

Siento que el aire no me llega a los pulmones. Por más que trato, no puedo respirar. Tengo un nudo en el estómago y las manos me sudan. Estoy teniendo estos pequeños episodios de ataques de pánico desde que salí de la lectura de mi carta astral con Clara Fortuna. Ella me explicó que la astrología era como leer una novela o una obra de teatro, como un rompecabezas que se puede combinar de manera creativa. No sé si me arrepiento de haber acompañado a Laura a ver a la astróloga, pero mi vida quedó marcada en un antes y un después. Urano en Tauro... y yo, Escorpión. La energía que me llega de este planeta —según Clara— es de un ángulo inarmónico, con cambios traumáticos y tensión, pero también con claridad. Me contó que —según el mito griego— Urano era un dios poderoso, marido de Gea, padre de Cronos y abuelo de Zeus. Ella era la gran arquitecta creadora, que había surgido del caos cuando nada existía, y lo engendró a él para que fuera su compañero. Luego Gea creó a Cronos —el tiempo— y hasta ese entonces no había nada más. Gea... el origen, la arquitecta, el comienzo. Pero, a medida que iba pariendo nuevos hijos, Urano los rechazaba y los devolvía al vientre de su esposa. Ella se quiso vengar, confabulándose con Cronos, quien tomó una hoz, le cortó los testículos y los tiró al mar. De ellos nació Afrodita, la Diosa del Amor.

No supe si horrorizarme por la historia o alegrarme por la Diosa de la Tierra... vengativa. Clara me predijo que me sentiría nerviosa e inquieta, pero cómo no estarlo cuando el castillo que había construido para mí, que me daba seguridad y protección, se hizo añicos. He estado velada, tenía una burka negra que me cubría de la cabeza a los pies, con apenas una ventanilla para ver mi mundo alrededor. Pero ¿cómo pude haber estado tan ciega? Y ahora, con toda la evidencia frente a mí, no puedo respirar. Me miro en el espejo y me doy lástima. Pobre tonta, que vivía el día a día en pos de los demás, metida dentro de un armario oscuro que no tiene una puerta mágica hacia un mundo encantado como el de Narnia. He abierto la caja de Pandora, y todos los males han salido para danzar sobre mi vida. ¿Y la esperanza?... No está por ninguna parte, mucho menos en el fondo.

"Clara había sido clara. Estaba en mi carta, en mi Cuarta Casa, la del matrimonio, me explicó. Presente por siempre y a través de toda mi vida... la traición. Condenada, desde el momento en que nací, por los astros; parejas que no tiene ningún otro remedio que serme infiel. ¿Cómo se rompe con el Hado? Ese poder sobrenatural, inevitable e ineludible que —según Clara— guía la vida humana fatalmente a un fin no escogido. ¿Y el libre albedrío? ¿Acaso somos marionetas de los dioses, que juegan siniestramente con nosotros por mera diversión? Ah, déjame hacer que Sofía se entere de que su esposo tiene putas en apartamentos de lujo para su disfrute, mientras a ella la mira con repudio... Me imagino que hablan así en medio del confort del Olimpo".

Cuando terminó la lectura de la astróloga, todo mi cuerpo temblaba y ya no respiraba como antes. Aún le tocaba el turno a Laura y yo debí regresar a la sala de espera. ¿Qué hacer con esta información, con la que me acababan de golpear en la cara crudamente? ¿Cómo componerme ante las niñas cuando las fuera a recoger esta tarde en el colegio? ¿Cómo volver a mirar a Nicolás a los ojos? Quise vengarme... vengarme como Gea. Mandar a cortarle los huevos. Pero es que, en realidad, quisiera infligir dolor a casi todos los hombres de mi vida. Todos han sido unos cabrones, empezando por papá. Yo siempre tratando de buscar su aprobación y él, como si yo no existiera. Si tenía un recital de la escuela, jamás iba. Si sacaba excelentes calificaciones, no me felicitaba. Su vida era Jorge... ¡Cómo envidiaba a mi hermano mayor! Todo lo que hacía él era lo máximo para sus ojos. Estrella de fútbol, no se perdía un partido de su hijo o una sola práctica. Pero yo podía tener conciertos de piano y él nunca llegaba, sabiendo que ese era mi talento, mi don, mi escape... el piano.

No, yo nunca le importé a papá. Tal vez, ante sus ojos yo era demasiado aburrida, demasiado niña, demasiado color rosa... muñecas y luego, ¿el maquillaje para llamar su atención? Con Jorge hablaba largo y tendido de deportes, de mujeres, de política. Y yo, asignada a ayudar a mamá en la cocina. Había que preparar la cena, y esa era faena de mujeres. Y, aun así, me duele que haya muerto sin haberle podido preguntar qué hice mal para que me ignorara de esa forma despiadada con la que lo hizo. ¿Por qué me hacía sentir que yo no importaba? ¿Por qué nunca me abrazó o me dijo "mi niña linda", como les decían sus padres a mis amigas?

Y tampoco le importé a Nicolás. Probablemente se casó conmigo por el dinero de mi familia, por lo que una vez fue mi belleza, la esposa trofeo que vino a acomodarlo bien, a garantizar una ciudadanía para que empezara su vida en los Estados Unidos con el pie derecho. Soy una estúpida.

Qué ganas tenía de llegar a casa, meterme en la cama y cubrirme hasta la cabeza con la colcha, en posición fetal. No pensar en nada ni en nadie, y desaparecer en medio de un llanto largo y doloroso para que los dioses en el Olimpo, o donde quieran que estén, si es que existen, se apiaden de mí en la próxima vida... si es que hay una.

CAPÍTULO
11

Pellets de testosterona

«¡Dios, cómo ha crecido», pensaba Laura, sentada en el piso frente al espejo, al ver el resultado de la primera semana de terapia hormonal con su ginecóloga.

Consistía en unos pellets de testosterona que se introducían dentro de la piel, en el área de los glúteos. El proceso era un poco doloroso, ya que requería abrir una incisión con un bisturí para poder depositar estas pequeñas cápsulas que iban soltando la hormona sexual masculina por varios meses. Pero valía la pena. La estámina que daba era maravillosa, además de un apetito sexual incontrolable, que no se aplacaba con nada.

Pero había un factor contundente que las que se arriesgaban a vivir en la gloria sexual debían saber, hacer compromisos y treguas... el clítoris crecía. En el caso de Laura, antes era como un palito, pero ahora ocupaba un lugar prominente entre los labios, como diciendo "Hey, aquí estoy, y más te vale que me prestes atención porque no te voy a dejar tranquila. Pero si me haces caso y me das lo que quiero, te prometo los placeres más sublimes que jamás hayas experimentado". Peor aún, a cualquier hora del día el nuevo miembro del "club vaginal" latía y latía, y no paraba de latir hasta que se le dedicara el tiempo y la fricción que exigía. Para Laura era fácil porque la inspiración sexual que le daba Gustavo era suficiente para mantenerla en un estado perenne de excitación, al punto de sentir que tenía fuego uterino. Con o sin pellets.

Pero ahí estaba ella, mirando su vagina ante el espejo, cuando se percató de que Emilio ni siquiera se había enterado de que estaba ahora en terapia hormonal. No habían tenido relaciones sexuales este año, o mucho antes. A Laura no le interesaba buscarlo porque no le apetecía su esposo desde hacía años.

Había decidido comenzar a usar la testosterona porque tantas conocidas se lo habían recomendado. Los pellets habían tomado como una revolución a todas las mujeres de la ciudad que ya tenían 40 años y algo de dinero. Y las que no lo tenían, habían dejado de comprar carteras y zapatos caros para conseguir ese apetito sexual y esos orgasmos cósmicos, que las hacían sentir que estaban vivas de nuevo. El único inconveniente era un clítoris contundente. Pero, ¿qué importaba? Las mujeres les pedían... les rogaban a sus doctores que les pusieran las dosis más altas posibles, porque además de la parte sexual, las cuarentonas y cincuentonas sentían que podían dominar al mundo: acertadas, decididas, arriesgadas, pensando más con el lado izquierdo del cerebro. Laura no quería hacer conexiones falsas, pero en un momento de risas con Anouk y Sofía, en Frenchies, se preguntó...

—¿No serán los pellets de testosterona parte del resurgir del movimiento feminista? ¿Qué las mujeres sienten una nueva valentía al confesar abiertamente el dolor que han sufrido a manos de los hombres para lograr ser más racionales y menos emocionales?

—Ah —dijo Sofía—, probablemente. Si es así, pásame el contacto de tu doctora, que a mí me hace falta empezar con los *pellets*. —Laura le aseguró que no se iba a arrepentir, que valía cada centavo, a pesar del doloroso procedimiento que debía repetirse cada cuatro meses, y de la pequeña cicatriz que por siempre marcaría la piel como si una avispa hubiese clavado su aguijón en esa parte del cuerpo.

CAPÍTULO
12

El mar de lo prohibido

No puedo creerlo, pero me atreví... me sumergí en el océano del deseo y de lo prohibido. Una ola gigantesca me arrastró sin remedio y yo, que jamás había vivido algo así, me dejé llevar. La suavidad de sus labios, la sensación de su piel gruesa tan diferente a la mía, ese olor... ¡Lo cómoda que me sentía...! Como si una y mil veces hubiese estado con ella. No se me ocurrió pensar en mi cuerpo, en mis carnes sueltas, en la celulitis... en la diferencia entre mi reflejo y el de ella en el espejo, a pesar de que era mayor que yo. No me acordé de mi marido ni de mis hijos. No se me ocurrió preguntarme qué era esto, si en verdad tenía la capacidad de estar con otra mujer, con una vagina en vez de un pene... un pene que siempre trae alguna pena. Sé que jamás seré la misma. Tan solo porque me puedo perder por horas en sus ojos negros, en su sonrisa blanca, en su figura esbelta de mil y un días de yoga, de posiciones imposibles y de nombres raros... mi Nina. Me alegro tanto de haber tenido esta resolución de año nuevo. De empezar a dedicarme tiempo y tomar clases de yoga... total, a Santiago y Sebastián les preocupa más el fútbol que cualquier otra cosa, incluyéndome a mí: si ganó el Real Madrid, o el League Champions, o si sus propios equipos clasificaron para la final. Qué difícil es ser madre en un hogar de varones... demasiada testosterona... demasiada energía masculina. ¿Y la mía? ¿Subyugada por amor, doblegada por ser madre, sin reconocimientos, marginada porque todos valen más? No más. Me toca a mí vivir, ahora.

Nina, cómo has tocado mi alma; estoy eufórica, me siento viva... Lo nuestro fluyó tan rápido, tan fácil, tan armonioso... ¿qué más podía hacer? Eres mi maestra. Me encanta escucharte, sabes tanto, eres tan evolucionada, y yo te escucho hablar y hablar y quiero aprender más y más de ti. ¿Cuáles eran las probabilidades de haberte conocido? Tú, de Jamaica, viviendo aquí, en esta ciudad ruidosa, plástica, superficial y dando paz a tantos a través de tus clases. Tú y tu sexo... Ese olor que no puedo desprender de mí porque está impregnado en mi alma, y me pregunto si Alfredo lo percibirá. ¡Qué me importa! No quiero olvidar ni un detalle de lo que sucedió hoy, cuando invitaste al grupo a cenar después de la clase en el café que queda debajo del gimnasio, y solo Carlos y yo nos apuntamos.

Probablemente, él también quería acostarse contigo, pero desconoce que a ti los hombres no te interesan. Yo dije que sí con mariposas en el estómago, recordando el sueño que tuve y la sensación de euforia con la que me desperté al otro día... de ver piel blanca y piel negra fusionadas en un abrazo eterno, entre besos, lamidas y caricias; yo abriéndote a ti las piernas y recorriendo el tobillo, la rodilla y el muslo, hasta llegar a esa oscuridad profunda y ancha, rosada en su interior, cual promesa de una rosa exquisita y sublime. No me reconozco. Soy otra por ti y le doy la bienvenida a esta otra yo.

Tú arrancas de mí a una nueva mujer aventurera y dominante, que busca placer con la misma intensidad que lo quiere dar. Porque te quiero dar placer, quiero jugar con mi lengua hasta que grites y me digas que ya no más, con ese acento que encuentro hermoso. ¿Qué me has hecho, Nina? ¿De dónde viene todo esto en mí que jamás había contemplado? Tengo que llamar a Laura y Sofía. Quiero gritar a los cuatro vientos lo que estoy viviendo, pero tengo que tener mucha discreción. ¿Qué me dirán? ¿Aceptarán a la nueva Anouk?

CAPÍTULO
13

El éxtasis de la diosa

Laura había acordado con Gustavo encontrarse en uno de los hoteles históricos y espléndidos de la ciudad. Esta sería la primera vez que iban a estar totalmente solos en un cuarto con cama. Sí, se habían encontrado para almorzar varias veces y ya se habían besado, pero de ahí no más. Y esos besos habían sido los más deliciosos que ella jamás hubiera conocido.

Pasaban los días y Laura se preguntaba si tendría el valor de ir a la cita que —sabía— cambiaría para siempre su vida.

El destino parecía conspirar a su favor. Su hija, Alana, había sido invitada a pasar el fin de semana con su mejor amiga y, al mismo tiempo, su esposo, Emilio, estaba de viaje por el trabajo. Era perfecto. Laura estaba convencida de que se merecía vivir este romance que era mucho más que una atracción carnal cualquiera, porque nunca se había sentido así por ningún hombre. Quería darse el permiso de hacer el amor con Gustavo, que se había aparecido en su camino para revolucionarlo todo y, en especial, su corazón.

Llegó el día y, desde que despertó, Laura quería que el tiempo volara y que fueran las 7 de la noche, la hora del encuentro. Él llegaría primero y la estaría esperando.

Laura temblaba, temblaba toda, sus manos, sus muslos. Nunca había hecho nada así. Ser infiel iba contra sus principios. Pero Gustavo se apoderó de ella desde el día que lo conoció. Se alegró de haber empezado al principio del año el proyecto de "mejorarse físicamente", porque quitarse la ropa frente a otro hombre... de pensarlo, nomás, el corazón se le quería salir del pecho. Pero Urano estaba en Tauro, y era una fuerza que la empujaba inevitablemente a tomar riesgos cósmicos y no había nada que hacer más que saltar al precipicio.

—¿Qué pensará cuando me vea desnuda, le gustaré? Probablemente, no me voy a atrever y saldré corriendo, con estos nervios que tengo. ¿Por qué soy tan insegura? —se decía.

El ritual en el baño para prepararse para el encuentro, fue extenso. La música de Nina Simone y Etta James seducía su consciente y la erotizaba aún más. Se dio masajes con el cepillo de cerdas naturales, de los pies a la cabeza y diez veces cada parte, para que cada célula muerta se desprendiese. Enseguida, se bañó y se lavó el cabello, se frotó aceite por todo el cuerpo y luego, crema. Su piel estaba tan suave, exquisitamente olorosa e hidratada, que acariciarse a sí misma le daba placer. Además, no se le podía encontrar un solo vello excepto de los ojos hacia arriba.

Laura se había preparado como una novia para la noche de bodas; toda perfecta, toda deliciosamente perfumada.

Su lencería negra comprada para la cita clandestina era carísima, pero valía cada centavo. El vestido de seda le quedaba perfecto y era seductor, pero muy elegante.

Se acercó al espejo y lo que vio fue con agrado. Pero, sobre todo, le gustaba lo que miraba en sus propios ojos: euforia, pasión y juventud. La misma intensidad de cuando tenía 20 años... Esa Laura había regresado gracias a Gustavo.

En su bolsa, llevaba una bata de seda estampada, estilo kimono, que había comprado en una tienda de París; y una bolsa con todo su maquillaje, perfume, cepillo de dientes y hasta su bocina bluetooth para poner la música de Nina Simone que tanto le hacía pensar en él. Y también una botella de *Single Malt*. Cargaba con todo eso, pero, sobre todo, llevaba con ella mucha excitación, pasión y mucho, mucho nerviosismo. Había que entenderla... Laura llevaba casada casi dos décadas, había cumplido más de 40 años y tenía una hija, pero era inmensamente infeliz en ese matrimonio. Se preguntaba si tendría la capacidad de volverse "la infiel", pero cada vez que pensaba en Emilio, percibía que su rol de esposa quedaba reducido en un rincón de su alma, envuelto en paños de tantos años de frustración y resentimiento. Y entonces, su mente volaba con Gustavo, y se sentía deseada, admirada, sabia. Quería sentir esta aventura y esta nueva etapa de libertad que llegaba a refrescar una vida totalmente mustia, aburrida y apagada.

—Ya estoy aquí —le escribió por WhatsApp desde el estacionamiento del hotel.

—Y no puedo esperar para verte. Estoy en el séptimo piso, cuarto número 710 —le contestó inmediatamente Gustavo.

Caminaba hacia el lobby y, en cada paso que daba, sentía el fuerte latido de su corazón resonar por todo su cuerpo, y un temblor que inevitablemente pulsaba en toda ella.

En el cuarto, Gustavo la esperaba con champán y una bandeja de camarones, quesos, frutas y chocolate. Era una suite magnífica, estilo mediterráneo, con una sala, una habitación y un gigantesco balcón que daba a la preciosa ciudad.

Antes de tocar la puerta, el corazón de Laura dio un vuelco en su pecho. Pero, aun así, estaba decidida.

Él la recibió con una mirada que gritaba "esto es lo mejor que me está pasando". La observó de arriba abajo y Laura se sintió deseada.

—Hola, ¿cómo estás? —dijo mientras entraba.

—Estoy nerviosa. Gustavo, no esperes nada de mí. Ni sé si me voy a quedar aquí —agregó, dudando en cada palabra que salía de su boca.

—Claro, lo entiendo. Haz lo que creas que es lo correcto. Eres libre, mi Laura. No quiero que te sientas presionada; cuando quieras irte, te vas. Esta es la primera de muchas otras veces que estaremos juntos. Eso te lo aseguro, yo voy a estar por siempre en tu vida. —La tranquilizó él. Y Laura se sintió tan segura que soltó toda duda.

Primero, él le preguntó qué le apetecía tomar.

—Tengo champán y vino, pero ordenamos lo que quieras. Y si tienes hambre, ahí está el menú. El restaurante de este hotel es excelente. Traje un *single malt*, es lo que me hace falta ahora mismo —le contestó ella.

—Perfecto.

Laura se tomó el primer scotch como si fuera agua y le pidió el segundo. Sus nervios empezaron a calmarse mientras su cuerpo se encandilaba ante la visión de Gustavo frente a ella, algo que no ocurría con mucha frecuencia porque su relación se había dado la mayoría del tiempo a través de WhatsApp.

Él comenzó a contarle sobre el nuevo libro que estaba leyendo —*Blue*, de la vida de Krishna— sentados en un sofá de la sala de la suite, que era una de las mejores que tenía para ofrecer aquel histórico hotel.

La atracción que sentía Laura por este hombre era demasiada como para dejarlo seguir hablando, así que fue ella quien se le acercó para besarlo apasionadamente. Fue ella quien tomó entre sus manos la cabeza de él, quien empezó a desabotonar su camisa con una prisa desesperada. Fue ella quien se sentó encima de él y quien comenzó a moverse rítmicamente como si estuvieran desnudos, como si su pene ya se hubiese fusionado en su vagina. Laura le olía el cuello, el pelo, el aliento, mientras besaba todo lo que encontraba a su paso.

Se sentía como un animal que quería impregnarse de todas las sutilezas que componen el olor de otro animal, antes de devorarlo. Porque así se sentía, con ganas de devorar este cuerpo que tantas veces había deseado, y cuyo recuerdo había sido la fuente de tanta inspiración, de tanta excitación. Laura ya había hecho el amor con Gustado mil y una veces en las que pensaba en él y se acariciaba y tocaba hasta llegar al orgasmo con tan solo recordar su mirada, su olor o imaginarlo encima y dentro de ella.

Afortunadamente, toda esa fantasía ahora se hacía realidad. Y después de tantas semanas de coqueteo y seducción, ya estaba aquí el verdadero encuentro de sus cuerpos.

Gustavo se puso de pie de golpe, cargándola en sus brazos con toda su fuerza, y Laura se sintió ligera de peso, como si fuera una niña pequeña en los brazos grandes y fuertes de él. Cedió el control y se dejó llevar. Lo único que le urgía era que Gustavo estuviera dentro de ella, que la penetrara física y espiritualmente. Quería mover sus caderas para él, bailar sobre él... Ser la mejor amante que haya tenido, pero en ese momento mejor no pensaría en toda su experiencia, porque ella iba a salir perdiendo. Lo único que anhelaba era tener un orgasmo al mismo tiempo que él.

Pero en vez de llevarla a la cama, fueron al baño, espléndidamente grande, con un jacuzzi y un espejo gigantesco de pared a pared, sobre los dos lavamanos de mármol.

—Quiero que mires lo maravillosa que eres —le susurró en el oído mientras mordía suavemente su cuello, parado detrás de ella. Laura tenía puesto aun el vestido, que cayó al suelo cuando Gustavo comenzó a soltar la tira que lo mantenía abrochado.

Le quitó el sujetador y comenzó a acariciar sus senos, y al mismo tiempo apretaba sus pezones con los dedos pulgar e índice. Luego le bajó su panty, exponiendo el resto de su cuerpo al espejo. Su mano descendió por su vientre hasta llegar al monte de Venus, y su vulva recibió una caricia que provocó una descarga eléctrica inmediata. La excitación era deliciosamente animal y Laura sentía que su clítoris era un cable de alta tensión que le daba corrientazos hasta su plexo solar.

—Abre las piernas —le dijo.

Y ella, que sentía su sexo ya totalmente mojado, obedeció. Separó los pies y Gustavo abrió sus piernas un poco más. Sus manos empezaron a acariciarle los muslos y se detuvieron en cada labio vaginal. Con sus dedos tocaba y pellizcaba suavemente el clítoris, que respondía salvaje a esta rítmica seducción.

—Mírate, eres perfecta. Soy el hombre más afortunado, mi Diosa —le dijo.

La vagina de Laura era como un molusco que se hinchaba con cada movimiento, con cada palabra. Fueron a la cama y Laura se sentó sobre su pene erecto como hierro, y empezó a moverse sintiéndose en verdad que ella era como una deidad. Hacían el amor mirándose a los ojos y ella se perdía, enamorada, en el rostro de Gustavo. Un extraño que se había vuelto el más allegado de sus conocidos, porque la veía vulnerablemente desnuda y arrancaba de ella su verdadera esencia. Su alma se abría para él.

El orgasmo se asomaba en ambos cuerpos, pero Gustavo se apartó, la acostó boca arriba y comenzó a besarle la vagina, a hurgar con su lengua, a lamer y a morder su clítoris, y Laura llegó sola a ese clímax que sintió como un volcán. Todo su cuerpo temblaba en espasmos esporádicos, que la llevaron a otra dimensión de puro placer y felicidad. Ese sería solo el primer éxtasis de la noche. Él sabía que, reteniendo su propia eyaculación, postergándola una y otra vez, hacía que, cuando por fin se viniese, fuera apoteósico.

Hicieron el amor muchas veces y conversaron entre medio de coito y coito, la noche entera, hasta que el cansancio se apoderó de los dos. Cuando Laura despertó, aún, estaban entrelazados sus cuerpos, y su cabeza reposaba en el pecho amplio y musculoso de él. Había sido la mejor noche de su vida y se sentía intensamente feliz, satisfecha y decidida a romper de una vez por todas con su matrimonio.

CAPÍTULO
14

Rebeldía entre sábanas

Nicolás no se sentía peculiarmente invencible ese día. Iba a ver a Claudia porque se había despertado excitado sexualmente, después de haber soñado que estaba paseando las aguas del sur en el bote de su mejor amigo de la infancia, Pierre.

Todo el día, su pene le había estado recordando que estaba ahí... esperando. Esa noche había una actividad del colegio, y Sofía le había pedido que fuera. El mismo reclamo de siempre: "Eres uno de los pocos padres que jamás está"... "Me siento como madre soltera"... "Piensa un poco más en las niñas"... "Parece que busqué la copia de mi padre". Así que pensó que un par de horas en la tarde con Claudia, calmarían su ansiedad, y que aun así tendría tiempo suficiente para ir a la cita escolar.

Cuando abrió la puerta del apartamento, ella no estaba arreglada. Tenía el pelo recogido en un moño mal hecho, encima de su cabeza. No se había bañado y estaba vestida con pantalones y camiseta holgados, y no con la lencería carísima que él se pasaba comprándole. Lo esperaba con esa facha a pesar de que él le había mandado un mensaje de texto dejándole saber que iba a verla, algo que usualmente no hacía.

—¡Eh! ¿Y eso? —le dijo Nicolás.

Claudia no contestó, pero su mirada era diferente. Entre sus ojos verdes se asomaba un desafío, un reto, un "no sé qué" inédito desde que él la había convertido de empleada doméstica de su casa, a su amante en un departamento con vista al mar. Nicolás, en vez de molestarse o reclamarle, comenzó a besarla suavemente, aunque él mismo no entendía por qué.

Sus labios mojados buscaban los de ella, pero lo que encontraban era un rechazo muy sutil, apenas perceptible, que su lengua sintió de igual manera. No, la boca de Claudia no iba al encuentro de la de él sin cuestionamientos ni dudas, como antes. Y había, además, una ligera presión de su cabeza hacia atrás por primera vez, y un "algo raro" en todo su lenguaje corporal.

Aun así, Claudia no opuso resistencia cuando Nicolás comenzó a quitarle la ropa. Pero él presentía que había pasado algo; que, en algún punto, el pacto entre ambos comenzaba a romperse. ¿Se estaría sintiendo vulnerable ante este nuevo rechazo, por más imperceptible que fuera?

Esta vez no la amarró. No le apetecía hoy jugar esos juegos que a él le gustaban tanto y que lo hacían perderse mentalmente en ambos protagonistas. Aunque estaba en control, por momentos se imaginaba atado, recibiendo nalgadas y mordiscos, experimentando un dolor a veces placentero, a veces no tan placentero y otras, casi insoportable. No entendía por qué había esa dicotomía de ser observador y objeto, que se podía alternar en ese rompecabezas de dos. No, no lo comprendía, pero tampoco se lo cuestionaba.

No le interesaba descubrir las sutilezas psicológicas de su propio ser. Vivía su vida como un ganador que merecía sus lujos, sus recompensas, sus placeres. Y punto.

Nicolás se limitó a abrirle las piernas y empezar a explorarla oralmente como un gato que relame su cuerpo para limpiarse, una y otra vez. Sus dedos se movían en círculos sobre esa área erógena, demasiado deliciosa para llamarse perineo. Luego, penetraban la vagina, que estaba mojada. Más mojada que nunca.

Claudia gimió y se arqueó en un orgasmo genuino y único, que llegaba desde lo más profundo de su imaginación. Un intenso placer totalmente ajeno al hombre que lo había provocado. No, Nicolás solo había sido el vehículo proveedor, pero ella acababa de estar con otro en su mente. Otro hombre, el primero que le gustaba y el primero que deseaba en su vida. Una experiencia que jamás pensó que iba a vivir.

Se llamaba Juan, trabajaba como valet del edificio los días que no realizaba su verdadera vocación, llevar la palabra de Cristo.

—¿Sabes?, yo sé de tu vida. Puedes lavar todos tus pecados en el agua de la redención, y Jehová estará esperando por ti —le había dicho... palabras muy similares a las que su madre, que se había vuelto evangélica hacía unos años, le repetía cuando hablaban por teléfono.

Como si supiera que las noticias de que aún no había ningún novio en el panorama, pero sí mucho dinero con el que contribuir al hogar, eran porque su hija estaba atentando contra Dios. Pero mejor no preguntar, el apartamento en Managua y el no tener que trabajar, por fin, se sentía demasiado bien. Al fin y al cabo, esa hija era producto de una violación sexual que se convirtió para ella en un descabellado amor por su ingenua estupidez, y luego fue un embarazo que debió haber sido abortado, como varios otros, pero Dios no lo quiso. Y para colmo, la bendijo con una belleza que le estaba dando ventajas a su propia vida.

Ahora no tenía que limpiar inmundicias o abrir las piernas a los amos de la casa. Esa era su venganza contra el padre de Claudia. Su hija sería de su mismo estrato, porque se casaría con alguien como él... Porque cuando hay hermosura, los hombres se vuelven ciegos y no les importa la diferencia de clases sociales.

Nicolás no llegó al clímax. La nueva actitud de Claudia lo había desconcertado, pero no le reclamó nada. Fue al baño, buscó su bata blanca de algodón, se la puso y se fue a la cocina a prepararse un trago. Con el Macallan 18 años en la mano, se sentó en el balcón. Claudia no lo acompañó. Era cierto que la propiedad tenía una vista imponente y magnífica al mar y a la ciudad. Pensó en sus hijas a quienes les gustaría disfrutar de la piscina y lo que ofrecía el apartamento. "Un día de estos", se dijo. Miró su reloj y eran aún las 5:15 p. m., la reunión del colegio era a las 7 de la noche. Aún tenía tiempo, pero "Qué fastidio", se dijo.

A su mente regresó el sueño de esa noche. En el yate de Alaín, el padre de Pierre, su amigo de la infancia. Nicolás nuevamente tenía 11 años y estaba feliz de poder viajar de Buenos Aires a Punta del Este, y descansar un poco de sus padres, que se pasaban la vida peleando. En el sueño, volvía a sentir el viento del mar frío con olor a salitre, que dejaba su cara salpicada de agua, mientras Alaín les enseñaba a navegar. Pero el papá de Pierre se le quedaba mirando de una forma que lo intimidaba y todo su cuerpo terminaba erizado. Ahí fue cuando despertó.

«¿Cuánto tiempo sin saber de Pierre, y mucho menos de su padre?», pensó. Nicolás se tomó el trago de un solo golpe.

En la recámara, Claudia seguía acostada sobre la cama maldita recordando a Juan, que para ella tenía la mirada más dulce que había visto en su vida. «Era blanca, pura y sincera, no llena de cochinadas como la de otros hombres», pensaba. Se paró y buscó la medalla de la Virgen de Guadalupe que le había regalado la señora Gómez en México y que guardaba como el tesoro más importante de su vida. La tomó en sus manos y rezó: "Virgencita, nunca te había venerado a ti. Siempre fue a la Virgen de la Merced o la Inmaculada Concepción, pero siento que tú me has ayudado y que me sigues cuidando. Ayúdame a salir de aquí, ayúdame con Juan, ayúdame para que yo empiece a vivir una vida sin pecado". Unas cuantas lágrimas corrían sin querer por sus mejillas.

—¿Estás bien? —Nicolás la sacó abruptamente de ese espacio íntimo y sosegado que provee la comunicación espiritual.

—Sí, pero quiero estar sola hoy, tal vez es hormonal —le contestó Claudia, sorprendida de sí misma ante tanta valentía.

—No te olvides que estás aquí por mí y para mí y cuando yo quiera, te vas —dijo Nicolás.

Sus palabras hicieron que regresara a borbotones el odio, la impotencia y el resentimiento que le tenía.

—Claro, lo sé —contestó con la mirada hacia abajo y afortunadamente para Claudia, Nicolás se fue del apartamento.

CAPÍTULO
15

Tiempo de confesión

Esa noche Anouk regresó a su casa con aroma a jabón de sándalo. Se había dado una ducha en el apartamento de Nina, porque los olores que tenía impregnados por todo el cuerpo gritaban sexo. Antes de abrir la puerta, sintió que la mano le temblaba porque sabía que del otro lado estarían Santiago y Sebastián haciendo la tarea. Un nudo se le hizo en la garganta y una punzada le atravesó el estómago. Entró y le costó trabajo mirarlos a los ojos. Los vio tan chicos, tan inmaduros para tener 14 años... ¿O era que sabía que acababa de marcarlos emocionalmente para el resto de sus vidas? Desconocía cómo les daría la noticia... que su mamá es lesbiana, o que no lo es. Decirles, simplemente, que se enamoró como nunca en su vida, con la mala pata de que se trata de una mujer. Y para su esposo, Alfredo, cuando se lo revelaría, ¿qué sería peor, que le fuera infiel con otro hombre o con una mujer? ¿Qué dolería más, que provocaría más trauma? No quería contemplar las posibles respuestas a esa pregunta. De lo que estaba convencida era de que sí, se enterarían, ya que quería pasar el resto de su vida al lado de Nina. Y si no, prefería estar sola, sin Alfredo ya a su lado.

Y Nina se sentía igual. Almas gemelas que, después de muchas vidas sin haberse encontrado, lo que deseaban era fusionarse en un solo ser.

—¿Tienen mucha tarea? ¿Cenaron? —La voz de Anouk sonaba diferente y ambos, con un sincronismo que los caracterizaba desde que nacieron, subieron la cara para mirar a su mamá, ya que, a niveles muy inconscientes, sabían que algo había cambiado en ella para siempre.

—Mamá, ¿estás bien? —preguntó Santiago, que siempre había sido un poco más apegado a ella y con una sensibilidad que su madre le admiraba.

Era increíble cómo estas dos gotitas de agua idénticas, tenían tan diferentes personalidades. Hasta en el fútbol, que practicaban desde los 5 años, uno de ellos nació con la habilidad de meter goles y el otro, con la de detenerlos. Igual eran en la escuela; Santiago, aplicado y responsable, y a Sebastián había que empujarlo a hacer los deberes y a pasar los cursos, aunque ambos estaban en el mismo nivel intelectual, según las pruebas de coeficiente de inteligencia que les habían hecho en varias ocasiones.

Gemelos idénticos solo en lo físico y en la sincronía de sus movimientos; en otros aspectos, no podían ser más diferentes.

—Sí, ¿por qué? —contestó Anouk.

—Te ves diferente —dijo su hijo, con esos ojos color almendra que le llegaban al alma cada vez que le dirigía una mirada de esas que penetran de verdad.

Y, efectivamente, ella era otra persona. Ya no podía ser la misma. Había sentido su corazón despertar por primera vez, presentir que hay otras formas de experimentar la vida —como dijo Nina— de conectar chakras, de tener una visión de un mundo expandido a unos niveles tan profundos, que se vive como en otra dimensión; algo que la mayoría de los mortales no tiene la capacidad de probar.

Algo así como sentir que el propio ser ocupa un espacio mucho más grande y abarcador que el del cuerpo; que el aura se extiende, llenando los espacios de todo lo que se ve. Ese estado de conciencia solo se logra a través del amor.

Su marido estaba a punto de llegar a casa, y no tenía más remedio que sentarlo y confesarle todo. No iba a ocultarle que se había acostado con una mujer y, peor aún, que se había enamorado en un santiamén, y que todo había empezado de la manera más ridícula posible... con un sueño. Pero, sobre todo, tenía que decirle en la cara que llevaba muchos años sin amarlo, en una relación mustia que se mantenía por la costumbre, los niños, el confort económico, el "qué dirán" y el miedo a lo desconocido.

Estaba en su baño, parada frente al espejo, y la imagen que le devolvía le gustaba, quizás, por primera vez en mucho tiempo. Y no era su cuerpo. Sus senos se estaban dando por vencidos ante la gravedad, los "gorditos" que veía no eran —exactamente— algo que le satisfacía y la piel comenzaba a quedarle grande. Pero, como nunca antes, estaba viendo mucho más allá del caparazón que le envolvía el alma. En su propia mirada, detectaba un brillo que no estaba allí antes.

Se sentía plena, entusiasmada, con ganas de vivir. Ya no había vuelta atrás, debía enfrentar esa nueva realidad de ese concepto tan diferente de su propio ser, que era más abarcador, más interesante, más retador y, sobre todo, más evolucionado de lo que jamás hubiese sido su vida, si no se hubiera dado permiso para dejarse llevar.

Escuchó el carro de Alfredo estacionarse en la casa, el golpe de la puerta al cerrarse y sus pasos, ya en el primer piso, atravesando la sala. Salió del baño, respiró hondo y fue a su encuentro.

—Hola —dijo Anouk, y él le hizo un gesto de reconocimiento como cuando alguien entra a un elevador y encuentra a otra persona. Su esposo se sirvió la comida que ella había preparado en la mañana, antes de ir al trabajo.

—Qué salvación son los *"slow cookers"* para las madres que trabajamos —se dijo a sí misma, permitiéndose un solo pensamiento llano y superficial en medio de la gritería del dilema existencial que ocupaba su mente desde que despertó de aquel sueño con Nina.

Anouk sentía que esa conversación era inevitable. Pero... ¿tenía que tenerla esa misma noche? Era tarde, estaba cansada y —tal vez— sería mejor esperar unos días a ver cómo las cosas se iban sucediendo.

Sintió, en medio de la euforia que experimentaba desde su sueño profético, que podría estar caminando hacia un precipicio, un abismo en el cual o desplegaba las alas que no tenía y se echaba a volar alto, alto, o terminaba en el fondo, quebrada y toda rota, al igual que todo su mundo.

Anouk aún no sabía que Urano había entrado a su signo, pero algo mucho más fuerte que ella le hacía preguntar "¿Valentía o confort? ¿Valentía o confort?". Y la respuesta ya la sabía: valentía. Pero esa noche, no. Esa noche, todavía no.

CAPÍTULO
16

La encarnación de Narciso

Gustavo estaba sentado en primera clase, esperando que despegara el vuelo que lo llevaría a Río de Janeiro. Viajaba todas las semanas a las diferentes oficinas que tenía la compañía internacional para la que trabajaba: Ciudad de México, Buenos Aires, San José, Bogotá, Nueva York. Este tipo de vida era —para él— ideal. Le daba la oportunidad de tener el mundo a sus pies, y a mujeres de diferentes paisajes y sabores, a su merced. Era todo un Don Juan... brillante de pensamiento y de palabra, carismático y con un conocimiento impresionante, que iba desde la historia, la filosofía y la música, hasta la psicología humana, en particular, la femenina... esa era su especialidad.

Gustavo sabía que la mayoría de las mujeres —sobre todo, las casadas— no se sentían apreciadas y deseadas lo suficiente. Que requerían de una atención que sus maridos no les daban. Y él era el héroe que venía a rescatarlas de sus tediosas y poco románticas vidas, aunque fuera apenas por algunas semanas o por algunos días. No, Gustavo no era como otros hombres, que permanecían inconscientes e ignorantes de lo que en verdad las mujeres deseaban y necesitaban. Él había estudiado profundamente la rica complejidad de la psiquis femenina, y sabía lo intensas y desbocadas que ellas podían ser cuando se les daba admiración y amor total. Se convertían en diosas, que proveían todo tipo de placeres e inimaginables experiencias sensuales.

Se aprovechaba de que había muchas por el mundo entero, atadas a maridos energúmenos que las ignoraban o que eran incapaces de ver lo glorioso que era el ser femenino que tenían enfrente.

«Imbéciles», pensaba Gustavo, «pero, mejor para mí».

Y es que él sabía que la sociedad les había jugado una mala pasada a las mujeres desde el principio de la historia. La justificación fácil era que la culpa de todo la tenía Eva por haberse dejado tentar por la serpiente. Aunque ese cuento tergiversado jamás se narraba reconociendo que ella había sido la inteligente, la que quería conocer los frutos del árbol de la sabiduría y la que tenía curiosidad por entender la diferencia entre el bien y el mal. O sea, la sabia de la película, la sabia de la creación. No, desde el origen de los tiempos se la condenó por querer educarse. A la mayoría de las mujeres se las había adoctrinado desde pequeñas para que creyeran en las virtudes de la virginidad, en el sexo como mero instrumento para la procreación, y en los beneficios de buscarse un buen partido, celebrar una magnífica boda, el vestido, el pastel, la luna de miel y el "felices para siempre". Pero ese cuento pertenecía a las hadas y era lo más alejado de la realidad, en detrimento del género femenino. La programación era tan milenaria y sistemática, que solo las mentes más rebeldes eran capaces de cuestionarse los dogmas y decir "yo no caigo en eso, no necesito a un hombre". Cuánto se alegraba Gustavo de haber nacido macho.

En sus conquistas, él se lanzaba con todo a su nuevo objeto de interés, y le dejaba saber de la pasión ardiente que le había despertado y que se "había enamorado". Le aseguraba que movería montañas para poder estar con ella. Que, como ella, ninguna.

O por lo menos eso le hacía creer a su nueva víctima durante el corto tiempo que durara la relación. Cada conquista era un delicioso reto que le encantaba asumir. Lo curioso es que Gustavo sentía que amaba de verdad a las mujeres. De hecho, adoraba a cada una de ellas, al punto que era un esclavo de la vagina de turno, por efímera que fuera la relación. Gustavo era el arquetipo perfecto de Narciso en la mitología griega. El hombre de apariencia hermosa y llamativa, que hacía que las doncellas se enamoraran con tan solo mirarlo.

Pero, para castigar a Narciso por su engreimiento, Némesis, la diosa de la venganza y la justicia retributiva, hizo que se enamorara de su propia imagen reflejada en una fuente. Y en una contemplación absorta, Narciso acabó arrojándose a las aguas y muriendo ahogado. En el sitio donde su cuerpo había caído, creció una hermosa flor, que hizo honor a su nombre y su memoria. Némesis, quien por siempre se mantuvo vigilante de la humanidad, vengando a los amantes infelices o desgraciados por la infidelidad, jugaría un rol importante en el destino de Gustavo. Pero eso... eso sería más adelante.

Tal vez, fue por el abandono de su madre cuando apenas tenía un par de años. Tal vez, su personalidad de hijo de puta fue por el trato frío que le dio su padre, un hombre que se vio obligado a criarlo solo desde que una mañana, al despertar, se dio cuenta de que su esposa no estaba. Ni en su casa, ni en ningún rincón de la ciudad. Como si se hubiese volatilizado sin dejar rastro. Así que el padre de Gustavo tuvo que asumir el rol de padre-madre, y aunque tuvo amantes, nunca más fue capaz de tener una relación de verdadero amor con ninguna mujer. "El corazón no se pone en el medio", era la frase que le solía repetir a su hijo como consejo de vida.

Gustavo se adoctrinó en ser mujeriego e inescrupuloso. Para él, todo valía a la hora de una conquista. Un gimnasta de la seducción, temible, que no le escondía a ninguna su vasta experiencia con el sexo femenino, y que siempre terminaba haciéndole daño a la que, aparentemente, amaba. Porque —en verdad— no era amor por ellas, era amor por él mismo. De igual manera, tenía la necesidad de seducir todo el tiempo sin saber muchas veces por qué o para qué. Pero Gustavo, anarquista del amor, se enamoraba del objeto amado, y una vez conseguido, lo abandonaba. No podía quedar fijo en una mujer determinada. El placer y el triunfo de la conquista eran, en sí, su enamoramiento. Y cuando lo lograba, perdía todo interés.

Al principio, las engatusaba con su lenguaje seductor y con conversaciones que se ajustaban a la personalidad de su presa. Si les interesaba a ellas la metafísica, les platicaba sobre la influencia de la calidad de los pensamientos en la vida de las personas, los planos materiales e inmateriales, y el lugar del ser humano en el cosmos.

Si eran hedonistas, adictas a los ejercicios o strippers —como la mayoría de sus amigas en Instagram— pues les hablaba de músculos y de métodos más efectivos para terminar de perfeccionar sus cuerpos...

—Pero, mi vida, si tú eres una diosa ya, no te hace falta cambiar nada. Mira cómo me tienes, ardiendo por ti —les decía.

Y si eran de cerebros vacíos, las conversaciones eran solo del último *reality show* y lo que hizo esta cantante o esa actriz, y que quedó captado en cámara.

Gustavo consumía todo tipo de contenido y lo hacía por el poder que otorga la información. Él sabía la fórmula: la información da conocimiento, el conocimiento da poder y el poder da dominio.

Todo era calculado, pero ellas no se daban cuenta, aturdidas por este soltero guapo que:

—se fijó en mí con una intensidad como nunca ningún hombre se había fijado. Me hace sentir como si yo fuera una inmortal caminando con todo mi derecho de diosa por el medio del Olimpo —se decían o, por lo menos, así le dijo Laura a Sofía y a Anouk cuando les contó por primera vez de Gustavo.

Era un juego que a él le satisfacía jugar. Buscaba a una mujer que le gustaba —y casi todas le gustaban— y entablaba conversación. Sabía que él poseía atributos físicos deseables, su altura, su pinta de intelectual, su cuerpo musculoso como el de un nadador. Además, todo esto se entremezclaba con su labia, su inteligencia, su carisma... y el resto era una historia que terminaba siempre en una cama donde vivía momentos de puro placer, porque "no hay nada mejor que una hembra que se sienta diosa y, más aún, que se sienta diosa enamorada", como les decía a sus amigos.

Y es que, en verdad, el arquetipo de Afrodita salía a borbotones por cada poro de sus presas y se desbocaba en sus cuerpos, y quien terminaba viviendo todos los beneficios era él.

Gustavo no ocultaba que era un mujeriego, que tenía muchas amigas en cada ciudad donde trabajaba. Pero, de alguna manera, eso incrementaba la atracción del sexo opuesto.

—Si tantas han pasado por él, será porque tiene que ser divino y... por qué negarse esa oportunidad si total, mi marido jamás me miró así, con esos ojos llenos de pasión, y quién sabe, si esta vez sí se enamoró como yo me he enamorado y lo haga cambiar para siempre. —Pensaban las mujeres, o por lo menos, pensaba Laura.

—Estoy a 30 mil pies de altura. Este es tu reino. Pensando en ti, Laura, mi diosa —le envió por WhatsApp.

—Cuando llegue a Río, te dejo saber. Mientras tanto, piénsame.

El mismo mensaje fue a sonar en los celulares de otras cuatro mujeres.

CAPÍTULO
17

La estafa de Urano

Urano llegó, Gustavo llegó... ¿y es que, acaso, los dos se fueron al mismo tiempo? Eso no fue lo que me dijo Clara Fortuna. La lectura astrológica aseguraba que el planeta había entrado por primera vez en 84 años al signo de Tauro como el gran despertador, revolucionando vidas, sacudiendo lo que no servía y trayendo lo nuevo y arriesgado. Y que se quedaría ahí, moviéndose lentamente y regalando su magia por siete años. Pero no han pasado ni dos meses y siento que Gustavo se me aleja cada día más, está distante, ya no me busca como antes ni me escribe esas palabras que me dejaban sorprendida, y de las cuales aprendía por su profunda sabiduría. Ya no me siento eufórica de empezar cada día convencida de vivir algo mágico de alguna manera, aunque no lo vea en persona. Ahora suena el despertador y esa rutina de poner música y cepillar mi piel antes del baño para luego llenarme de aceites y cremas para cuidar mi cuerpo —como se cuidan las amantes— ya esa rutina no me llama tanto la atención. Y ahora, en vez de mirarme al espejo y verme una diosa, como él me decía, me doy cuenta de lo arrugado que está mi codo y de la piel vieja y holgada de mis rodillas. Me miro en el espejo y reconozco la edad inexorable, y que no puedo competir con las mujeres que son mucho más jóvenes que yo. Él, tan sexual, con ese apetito y esa autoestima... ¿Por qué se fijó en mí? ¿Qué le puedo ofrecer cuando él, acostumbrado a la soltería, tiene amantes en cada ciudad? Las imagino en sus 20 o 30, de carnes duras, de senos espléndidos, de nalgas firmes.

¿Estaré a tiempo aún para recuperar mi matrimonio? ¿Me perdonará Emilio este desliz? ¿Es, acaso, que él no se ha tirado canas al aire durante estos años de matrimonio, aunque me lo niegue en la cara? No, no me perdonará. Se fue de casa tan dolido, tan seguro de la decisión que estaba tomando.

Cuando descifró mi contraseña y vio los mensajes de texto que yo, por tonta, no borré, su mirada lo expresó todo... esa mezcla de rabia, decepción y odio.

—Eres una puta —me dijo. Y yo me quedé fría como si el alma se me hubiese ido del cuerpo.

—¿Quién es Gustavo? —me preguntó con una voz cuyas ondas de sonido, al esparcirse por el aire, cortaban el espacio entre él y yo como si fueran navajas.

—Un amigo. —Fue lo único que se me ocurrió responderle, pero todo estaba dicho.

El mensaje que yo le había escrito a Gustavo describía todas las cosas que le iba a hacer cuando, por fin, lo tuviera nuevamente en una cama conmigo. No había qué pretender. Yo, para Emilio, era una puta que él, probablemente, nunca conoció, porque nuestra relación matrimonial no despertaba ese instinto sexual animal que me salía a borbotones tan solo con escribirle o hablarle a Gustavo, o estar frente a él. Porque me hizo conocer a una Laura que yo misma no conocía.

Y ahora, mírame. A punto del divorcio, con un amante cada vez más distante. A esta edad, tener que enfrentar la vida sola, cuando estoy envejeciendo, cuando ya no tengo el sabor de la juventud emanando por cada poro de mi piel. Y me da rabia estar poniendo toda mi felicidad en los hombres. ¿Por qué ese machismo de mi parte? ¿Por qué tiene que ser o Emilio o Gustavo? ¿Por qué no siento que yo puedo encontrar la felicidad plena estando totalmente sola? ¿Por qué no puedo mandar a los hombres al carajo? Así, me liberaría de esos pensamientos de "te estás poniendo vieja, mírate las manos, mira para allá, cuánta celulitis; mira a esa chica, qué bella, la piel tensa de los muslos y las carnes pegadas al cuerpo, mientras la tuya... ¿por qué me hago daño así? ¿Seré yo la única mujer en sus 40 que tiene estas inseguridades? ¿No será que ya es hora de que aprenda a quererme, a abrazarme y a apoyarme, y ser yo mi mejor amiga en mi mente? ¿Y cómo hago para que Alana jamás sea tan insegura?".

Urano llegó, pero ya no siento todo ese hechizo que una vez pensé que me había traído este planeta que, según la mitología griega, era un despiadado cabrón. Gustavo llegó, y ha sido lo más intenso y maravilloso que me ha pasado en mi vida, pero se me está yendo, y es un presentimiento, una intuición de esas que nunca se equivocan. Vino como el planeta, a desestabilizar algo que, mal que bien, era estable, aunque la felicidad apenas habitaba en esa relación matrimonial. Y yo me quedo aquí, sola. Me quedo aquí con miedo a cómo será mi futuro, con miedo a si podré sostenerme económicamente por siempre, o si me convertiré en una de esas mujeres viejas, solas y amargadas. Y, sobre todas las cosas, si alguna vez volveré a sentir lo que Gustavo me hizo sentir... ganas de construir un Taj Majal, pintar El Beso de Gustav Klimt o escribir una novela. Si volveré a amar tan intensamente, como si el corazón se me quisiese salir del pecho, como me ocurrió durante su presencia en mi vida.

"No, Laura, tú eres mejor que eso. Te levantas ahora mismo, te vas al gimnasio, luego haces tu rutina de belleza y no te permitas, en todo el día, ni un solo pensamiento derrotista. Levántate, Laura, que el mundo te está esperando, más allá de Gustavo o Emilio o Urano".

CAPÍTULO
18

El lado oscuro de Sofía

—Qué te puedo decir... Lo que tengo, son ganas de matarlo. Y no tomes estas palabras a la ligera, Nina, porque es así como me siento; con unos deseos incontrolables de hacerle mucho daño —aseguró Sofía.

Tenía una mirada de hierro en los ojos vidriosos, de esos que han llorado por muchos días, y que conjugaban armoniosamente con su voz, la cual evidenciaba que los calmantes recetados por la psiquiatra no mezclaban muy bien que digamos con la cantidad de vino que había tomado compulsivamente en ese almuerzo con el nuevo amor de una de sus dos mejores amigas. Anouk la había llevado con mucha vergüenza a uno de sus tradicionales encuentros en Frenchies y, tanto Laura como Sofía se alegraron sobremanera de verla enamorada, como jamás la habían visto. Sofía sentía que podía estar por horas conversando y aprendiendo de ella.

—Nina, es que ni siquiera le pagaría a un sicario para que hiciera el trabajo por mí. Le quiero quitar la vida yo misma con mis propias manos. Lo mataría con gusto a pesar de que se trata del padre de mis tres hijas. Me daría... placer, no, éxtasis, coger un cuchillo y enterrárselo en sus abominables abdominales, que ejercita cada día como un obsesionado. O, mejor aún, cortarle el pito para escucharlo gritar, verlo llorar y suplicar piedad y compasión, algo que él no tuvo con nadie. ¡Cuánto placer me daría, Nina! Qué horrible te debo sonar, pero eso es exactamente lo que me gustaría hacer. Volverme Gea vengadora, sin necesidad de confabularme con Cronos para cortarle los testículos, porque lo haría yo misma. Pero no los tiraría al mar, sino que lo obligaría a comérselos para que se atragantase con ellos. Hasta me causa gracia esta nueva Sofía, ver este lado oscuro de mi ser que por primera vez conozco y que lejos de avergonzarme, me enorgullece. ¿Será el efecto de Urano en Sagitario? —dijo ya casi riéndose gustosamente malvada.

—O tal vez es que él me contagió, al fin y al cabo, con su sadismo. Tantos años juntos, algo se tenía que pegar, ¿no? No te lo niego, el dolor ha sacado una bestia, un engendro, un ser diabólico que nunca pensé que estuviera dentro de mí, pero parece que sí lo tenía y ahora ha cogido poder. Es odio lo que siento por Nicolás, odio por mi padre también, por todos los hombres, y odio por la vida. Yo no era así. Y me sorprendo porque hasta ahora, como Anouk te puede contar, pensaba que yo era una de las buenas, una persona de corazón noble. De esas que quiere a todo el mundo, perdona, pasa la página y siente empatía. Como dicen, un alma blanca que raya con tonta. Pero no lo soy, Nina, no lo soy. Tan solo dame un cuchillo, una pistola, o mejor aún, dame la hoz de Gea y tráeme a Nicolás frente a mí en estos momentos, que no pensaría en las niñas —decía Sofía ya con una lengua cada vez más enredada.

Nina escuchaba el dolor que permeaba en cada palabra que pronunciaba Sofía, y se le partía el corazón. "De alguna manera, nadie está exento del sufrimiento en esta vida", reflexionó para sí misma, "Es parte de crecer y de evolucionar". Mientras tomaba el té verde que tanto la reconfortaba y miraba a Sofía, atenta a esos ojos que provocaban lástima, pedía claridad y sabiduría al Universo para poder darle el mejor consejo posible. Cuando Anouk le había dicho que estaba muy preocupada por su amiga y que sería positivo si ambas conversaran un poco, Nina no lo pensó dos veces. Primero, porque jamás tendría un no para esta mujer que le vino a enseñar que el verdadero amor de almas gemelas sí existe. Pero, además, sentía que ayudar a los otros era parte de su misión de vida. Ella había sido un factor integral en el proceso de tantas personas —amigos y alumnos— para salir de sus crisis. Su propia experiencia de haber sido ultrajada de pequeña y de ser lesbiana, la hacía una fuente de sosiego para hombres o mujeres que estaban aceptando, por fin, su homosexualidad —"saliendo del clóset", como dicen— o que habían sido abusados sexualmente de niños, además de muchos otros traumas que requerían algún tipo de guía.

Ella hablaba abiertamente en sus clases de yoga sobre la realidad que le tocó vivir en Kingston y, en vez de provocar el rechazo de sus estudiantes, había encontrado una aceptación total. Las meditaciones antes y después de los asanas eran tan liberadoras, que los alumnos salían de allí más livianos, sintiéndose conectados a algo mucho más grande que sus propias existencias, inclusive los más agnósticos.

Esa instructora de yoga, pintoresca y diferente, se había vuelto muy popular, y sus clases se habían convertido en una necesidad terapéutica para muchas personas, al punto que siempre había lista de espera y los dueños del gimnasio no se cansaban de pedirle más horarios.

—El camino no va a ser fácil, tu mundo se acaba de hacer trizas y hay mucho dolor que debes sanar, Sofía —le advirtió suavemente Nina, con ese acento y esa voz como la de una cantante de blues, que acaricia el alma a cualquiera que la escucha.

—Pero la respuesta no es la venganza, ya que simplemente traería más Karma a tu vida. Sé que ahora mismo te ves envuelta en una neblina oscura, pero tú puedes trabajar para disiparla. Este caos no va a ser tu realidad para siempre, y la claridad vendrá eventualmente. Yo he pasado por situaciones muy fuertes en mi vida: violada cuando apenas era una niñita, condenada y rechazada por mi familia por mi preferencia sexual cuando aún no era legalmente adulta. Pero el odio no es la solución, ¿sabes? No es el odio lo opuesto al amor, es el miedo. Y ahora mismo, en verdad, lo que sientes es miedo. Si me permites decirte mi opinión... miedo al cambio irremediable de ver tu matrimonio romperse por motivos muy negros; miedo a tomar tu vida —por fin— entre tus manos, para valerte por ti misma, sin la necesidad de estar al lado de nadie; miedo de ya no dejarte llevar por el destino sin cuestionarte nada, sin mirar hacia dentro... miedo, porque la vida te está obligando a hacer un repaso de quién has sido, lo que has sentido y lo que has vivido hasta ahora, tal vez, de forma inconsciente y ajena a tu ser. ¿Por qué no empiezas a tomar mis clases de yoga y a meditar? Te va a ayudar a centrarte, al igual que varios libros que puedes leer, y que le voy a dar a Anouk para que pase a dejártelos. —Esto le sugirió Nina, respirando un poco más profundo y calmado, y agradeciendo que las palabras que le acababa de decir a una pobre criatura con el corazón magullado, por lo menos, fluyeron de ella con la mejor intención posible. Esta noche —pensó— recitaría mantras para Sofía.

Pero ya era demasiado tarde para ella. El alcohol se había mezclado con el Xanax y los antidepresivos en una combinación perniciosa, que recorría las venas de Sofía adormeciendo sus sentidos, domando sus emociones y oscureciendo su entendimiento. No comprendió lo del miedo, lo de cuestionarse su propia vida, lo de mirar hacia adentro. Ese no era el día para la claridad o la emancipación. Por ahora, solo pensaba en cuchillos, en testículos cortados, en Gea, en Urano y en venganza. En la cara de Claudia cuando llegó buscando trabajo a su casa como empleada doméstica, con su cabello muy corto como si fuera un hombre, ropa demasiado holgada y una mirada donde se asomaba a leguas —a través de unos ojos grandes, verdes y muy rotos— un dolor que desgarraba con tan solo percibirlo. Esa mirada tan dañada conmovió el lado maternal de Sofía, al punto de que le dieron ganas de abrazar a esta joven y decirle que todo iba a estar bien, que no se preocupara, que iba a estar a salvo en esa casa y que el trabajo ya era de ella, y por más dinero de lo que originalmente estaba ofreciendo.

No, Sofía no escuchaba a Nina; su mente estaba muy ocupada pensando en todas estas cosas, segura de que ya lo había decidido... iba a matar a Nicolás. La pregunta que aún no se contestaba, era cómo.

CAPÍTULO
19

La traición

Anouk estaba en la cama de sábanas blancas, observando cómo Nina hacía sus asanas con una elegancia, un control de su cuerpo y un equilibrio envidiables. La admiraba. Aun ella no llegaba ni remotamente a hacer el *Adho Mukha Svanasana,* o "perro boca abajo", como se debía, y en ese momento ponía en duda que algún día lo lograra. Y ni hablar de todo su conocimiento espiritual.

La mañana del sábado apenas comenzaba, y la luz tenue del amanecer entraba por la ventana del este y se sentía a prana. Si no hubiera sido por su estado de ánimo, ese prometía ser el inicio de un nuevo día, simplemente, mágico. El olor a incienso *Indian Temple* recién encendido ya impregnaba todo el espacio del apartamento de Nina, que se había vuelto —además de un santuario de amor— el refugio para sanar el dolor que tenía Anouk en su corazón. No, no fue por Alfredo que su alma llevaba ahora el peso de un peñón gigantesco, aunque su marido hubiera sido tan despiadado. Fue por sus hijos y el repudio que le profesaban desde que se enteraron de que era lesbiana. Sus miradas hacia ella eran de asco, de odio, de desprecio.

—Ven, hagamos los mantras juntas —le dijo Nina, sentada ya al borde de la cama, cuando terminó su rutina de yoga.

Le acariciaba maternalmente el cabello, para aliviar un poco el rechazo más terrible en la vida de cualquier madre, el de sus propios hijos. Con sus caricias, Nina buscaba mitigar un poco el dolor. Dolor que ella conocía muy bien y sabía que, aunque siempre estaría presente, se podía superar un poco al hacer la conexión vertical, como ella la llamaba. Conectarse con Dios, el Universo, el Ser Superior o como se quiera denominar a ese estado de paz espiritual.

En ese momento, Nina reflexionaba que en la vida éramos hijos, esposos, padres, amigos y otras tantas cosas, pero al final, moríamos solos y seguíamos el infinito camino de la existencia, solos también. Y por eso, el desapego resultaba tan liberador. Pero qué difícil era lograrlo, sobre todo, con las personas que se ama.

Nina quería proteger a Anouk, volverse el escudo que la defendiera de todas las flechas dirigidas a herirla, volverse la muralla que atesorara su corazón.

—Siéntate a mi lado, te va a ayudar —le dijo con esa voz entre ronca y profunda que acariciaba el alma.

A Anouk no le quedó más remedio que salir de la cama, porque desde que vio por primera vez a Nina supo que jamás tendría un no para ella.

Le costó trabajo moverse, el cuerpo le dolía y se sentía cansada por no haber dormido bien. Se sentó junto a ella, sobre la colchoneta, sin ningún tipo de deseo.

—Ok, toma tiempo memorizarlo, pero cuando lo sepas, empezamos —le dijo Nina con ternura...

—*Om Chaitanya Sainath namah.* —Sabía que ese era un mantra muy poderoso para combatir la depresión. Se lo había enseñado Amancia cuando apenas empezaban a salir juntas, y Nina, repudiada por todos en Kingston, sentía que vivía en una cueva negra y oscura desde la cual no se divisaba ni un pequeño resplandor de luz.

108 veces, *japa mala* en mano, las dos voces comenzaron al unísono: "*Om Chaitanya Sainath Namah*", primera bolita... "*Om Chaitanya Sainath Namah*", segunda bolita... pero, a pesar de que Anouk repetía y repetía el encantamiento, su mente no podía dejar de pensar en sus hijos. En sus ojos color almendra, que habían perdido toda luz. En cómo sus rostros se transformaron cuando lo supieron. Y no por ella, que ya tenía planificado explicarles con mucho amor que iba a dejar a su papá, que en la vida a veces el amor termina, pero que ellos iban a estar siempre bien y que siempre iban a ser amados.

No, no fue ella sino Alfredo quien les dio la noticia. Y no con palabras sutiles, miradas de compasión y la promesa de que, al final, el divorcio sería lo mejor. Fue bruscamente, sin tacto ni misericordia. Les dijo:

—Ey, chicos, su madre se va con una negra, se metió a lesbiana. Ahora va a estar *sucking cunt.* —Y Anouk pensó que el alma le había abandonado el cuerpo. Lo miró fijamente, con los ojos abiertos a su máxima expresión, sin poder creer lo que estaba escuchando, mientras sentía que se desgarraba por dentro. No podía entender por qué Alfredo la traicionaba de esa manera, por qué no tenía piedad ni por ella ni por sus hijos. Su corazón acababa de convertirse en un espejo que se lanzaba contra el piso con fuerza y se rompía en mil pedazos.

—¿Valentía o confort? ¿Valentía o confort? —Se había preguntado una y mil veces desde la primera noche, cuando un sueño le vino a confirmar sus sospechas... que sentía amor puro por Nina. Pero una mañana, de esas que vienen a cambiar el paradigma de la vida —por la influencia del gran desestabilizador Urano o porque era parte de su destino o, simplemente, porque Anouk encontró por fin el valor de vivir sin engañarse a sí misma, le había dicho a Alfredo que tenía que hablar con él. Su esposo le contestó:

—Luego, hay mucho trabajo, mejor mañana.

—Esto no puede esperar, Alfredo. Hasta aquí llegué. Nuestro matrimonio es un espejismo mantenido para los demás. Hace años, demasiados, que no te amo, que me quiero separar de ti. Pero llegaron Sebastián y Santiago y la crianza y la escuela y el fútbol, y la vida me fue pasando sin tomar las riendas en mis propias manos. Hasta ahora. —Las palabras de Anouk brotaban de su boca como un torrente de lava que había hervido por mucho tiempo dentro de ella y que —por fin— salía y la liberaba.

Pero ahí se detuvo, cuando venía la peor parte...

—Además, conocí a alguien y me he enamorado como nunca antes en mi vida, se llama Nina y es mi maestra de Yoga. —Pronunció esas palabras despacio, buscando los ojos de Alfredo, quien hasta ese momento seguía más enfocado en los asuntos de su trabajo frente a su computadora.

Y, efectivamente, él subió la cabeza y la miró. Lo primero que le vino a la mente a Anouk fue lo cambiado que estaba su marido. Tal vez, hacía tanto tiempo que no lo miraba detalladamente, que apenas reconoció el rostro arrugado y marchito, la calvicie que se iba adueñando de toda la cabeza, y el rictus de años de mal humor que se había dibujado de forma permanente en los labios de Alfredo. Él se quedó unos segundos pensando, y le contestó:

—Si quieres, hacemos un *three-some*. —Y se echó a reír.

En vez de sentirse insultada o dolida por haber perdido demasiados años de su vida al lado de alguien insensible, de un troglodita sin empatía, a Anouk le dio mucha pena. Le dio pena porque él no entendía que, al final, el único motor que hacía a las personas sentirse vivas de verdad, era el amor.

Unas semanas después... después del terrible episodio con Santiago y Sebastian, Anouk inició los trámites de divorcio. Alfredo había alquilado un apartamento en la playa mucho más espléndido que su propia casa, y los gemelos habían preferido irse a vivir con su padre, aunque él había insistido en que se quedaran con su mamá. Pero no le quedó más remedio que aceptarlos, porque ambos —en ese momento— no querían saber de ella. Así que, de ser un padre ausente, que apenas se ocupaba de sus hijos, ahora tendría que convertirse en un padre totalmente presente y a tiempo completo. Las faenas de llevarlos y buscarlos del colegio, y estar horas y horas en prácticas y partidos de fútbol, ahora le correspondían todas a él.

Anouk no soportaba estar en su casa, que era tan grande que la asfixiaba. Cuando no estaba con Nina en su apartamento, casi no podía conciliar el sueño, pensando en sus hijos. Los extrañaba sobremanera. Y a pesar de que los llamaba y les enviaba mensajes de texto, y comentaba en sus redes sociales cada vez que ponían algo nuevo, ellos apenas le contestaban.

—¿Cómo estás, Sebastián?

—Bien, mañana tengo tres exámenes, así que te llamo después —le decía.

—Déjame que acabe la práctica y hablamos —respondia Santiago. Pero esas llamadas no se concretaban.

"¿Esto cambiaría algún día? ¿Me perdonarían? ¿Lo entenderían en alguna etapa de su adultez?", esas preguntas no se las podía contestar en ese momento.

No, a Anouk no le gustaba estar sola en su casa, y mucho menos de noche, cuando la oscuridad le calaba profundo, con un nerviosismo desagradable que le invadía cada célula. Sí, cuando caía el sol y el negro de la noche se adueñaba de todo, no podía estar en el primer piso, donde los cuartos casi vacíos de sus hijos solo le venían a golpear la cara. Lo único que quería era meterse en su cama... y perderse en una serie de esas de Netflix donde uno podía dejar de vivir en tristeza y depresión para vivir cobardemente a través de otros personajes y otras historias.

A Anouk ni siquiera le apetecía tocarse. Su adicción a la masturbación y a la pornografía habían sido minimizadas con la llegada de Nina a su vida, al punto que no las extrañaba. El vino... ese sería un reto diferente.

Afortunadamente, en su oficina tenía varios nuevos proyectos que diseñar, que le interesaban mucho: la recepción de un hospital de niños y un hotel de los años 60 frente al mar, que estaba siendo remodelado. Anouk se olvidaba de su realidad sumergiéndose en su trabajo con su socio, Gabo, y luego en sus clases de yoga las que iba con Sofía. Anouk se sumergía en la creatividad de su trabajo en el que había un nuevo enfoque que jamás ella había tenido. Se lo atribuía a los mantras que repetía cuando estaba con Nina. Las ideas que tenía para sus dibujos eran cada vez más sublimes, artísticos y vanguardistas. Tal vez era el ganya, que como decía Nina, abría los portales con seres superiores del más allá. Luego estaban las clases de yoga, a las que iba con Sofía, porque a su amiga le urgía desconectarse de su propia realidad; de sus hijas, del colegio, de su casa, de Nicolás. Sofía pasaba por su noche oscura del alma y ocultaba los negros pensamientos que continuaba entretejiendo en su mente y que más tarde saldrían a la luz como un ente muy oscuro. Y de ahi las tres y muchas veces las cuatro, iban a cenar a Frenchies para hablar de Gustavo, de Nicolas, de Emilio, de Alfredo, de Sebastian y Santiago Y, por supuesto, de Urano, de Gea, de Eros, de Erzulie y del destino y la vida. Y Anouk sentía que se había llevado la mejor parte, porque —por lo menos— ella iría luego con Nina a su pequeño apartamento que sonaba a Jamaica y a Bob Marley, y que olía a incienso y a marihuana —o ganya, como ella la llamaba—. Era un lugar pequeño, pero por lo menos ahí sentía que respiraba. La vida de Anouk había dado un giro de 180 grados y, si no fuera por sus gemelos, estaría caminando en el Olimpo, en Sión o en el mismo Paraíso.

Pero en la vida no se puede tener todo y, mucho menos, tener todo al mismo tiempo.

CAPÍTULO
20

Un recuerdo y un adiós

No fue teniendo sexo con Claudia cuando la vida de Nicolás se desmoronó para siempre. Fue con Cristina, la chica que le gustó desde el momento en que entró al club para caballeros. Bailaba sensualmente en el tubo y las luces tenues enfocadas en ella bañaban su cuerpo y dejaban ver los músculos trabajados de sus abdominales, muslos y piernas... su figura era elegante, no había nada de más, nada exagerado, nada que sobrara, como una estatua griega. Cristina disfrutaba la atención que recibía mientras movía seductoramente sus largas y estilizadas extremidades al ritmo de la música y dejaba ver su fuerza y habilidades de gimnasta. La excitaba estar en la pista, varios pies por encima de una manada de hombres con miradas sedientas, babeando enloquecidos y diciéndole piropos. Entre la multitud vio a Nicolás serio, callado y totalmente enfocado en ella, que sobresalía del resto no solo por su porte y elegancia, sino por su mirada. El tipo de mirada que la encendía... oscura, perversa, lujuriosa.

Cuando terminó su presentación, se fue a dar una ducha rápida. Se perfumó y se vistió con un corsé de cuero negro, panty y botas altas de tacón imposible. Se miró al espejo y quedó totalmente satisfecha con su reflejo. No, no era una belleza. Su cara era común, sus ojos negros — tal vez— eran muy pequeños, al igual que sus labios. Su nariz aguileña era un proyecto pendiente para el quirófano. Cristina era más bien como las que llaman "del montón", pero desde joven comprendió que no era el físico lo que podía despertar el deseo en los hombres. Era el sex appeal, el vivir dedicaba al placer de la carne, y eso... ella lo tenía. Los hombres, a niveles inconscientes —por las feromonas que su cuerpo expedía o la energía sexual que exudaba— lo percibían... una gata en celo que no tenía que maullar para que los machos desearan montarla.

Desde pequeña el sexo fue importante. Descubrió la masturbación en el bidet de su casa cuando tenía 10 años. La presión del agua sobre la pequeña y virginal vagina le producía un cosquilleo maravilloso y adictivo, al punto que quería repetirlo cada día. Con el tiempo, el cosquilleo fue madurando, creciendo como un pequeño árbol que estira sus ramas y raíces tanto vertical como horizontalmente hasta volverse majestuoso e imponente. Y ese se tornó en el árbol de su vida.

A los 13 años, cuando tuvo su primera relación sexual con un chico del colegio, mucho mayor que ella y a punto de graduarse, entendió que dedicaría su vida al sexo. La experiencia no fue tan maravillosa como ella había imaginado. Lo hicieron parados contra una pared, en las afueras del gimnasio de la escuela. Él le había insinuado en broma si quería su pene, al ver que Cristina no paraba de mirarlo, y ella aceptó decididamente, como si fuera ya toda una mujer adulta y experimentada. Comenzó a besarla y a manosear por debajo de la camisa sus pequeños pechos, con sus manos calientes y ásperas de deportista. Desabrochó su pantalón rápido, mientras Cristina solo se limitaba a mover la lengua en un beso brusco, torpe y muy mojado. Pero, sobre todo, ella tomaba nota de las sensaciones que emanaban de su propio cuerpo. Él la penetró y el placer fue mucho más abarcador que el que le producían sus propios dedos o el frasco delgado que utilizaba al masturbarse.

Apenas había empezado a empujar su pene tan duro como piedra, cuando ya todo había terminado. Él eyaculó con un grito que intentó silenciar para que no los descubriera algún maestro, pero le fue imposible, ya que el placer era más fuerte que él. Luego le dio las gracias riéndose y se fue.

Desde entonces, todo lo erótico tomó protagonismo en la vida de Cristina, que buscaba llenar ese placer que siempre quedaba insatisfecho. Leía novelas para adultos y consumía pornografía en internet, pero no le alcanzaba. Tenía el presentimiento de que debía haber mucho más, alguna cosa que la llevara al límite de la locura.

Hasta que descubrió el sadomasoquismo. Había un no sé qué al provocar dolor en el otro, que la enloquecía. Ver a mujeres o a hombres totalmente vulnerables... amarrados, con los ojos vendados y recibiendo golpes, provocaba en ella sensaciones sublimes y orgasmos múltiples. Y era Cristina quien tenía que dominar, quien debía infligir el castigo. Enamorarse no era para ella una prioridad.

Lo más cerca que había estado de sentir algo similar al amor, fue con Gustavo, a quien conoció una noche cuando —por su carisma a leguas— se le acercó. Él le dijo que nunca había pagado por sexo y, después de varias horas de conversación, ella se lo llevó gratis a su pequeño apartamento. Apenas Cristina estaba comenzando a trabajar en el club, pero se vio deslumbrada por este hombre que le hacía sentir algo diferente. Y no se arrepiente, fue él quien la instruyó en el arte del erotismo, la seducción y el sexo.

Quien le enseñó las grandes obras literarias sobre estos temas, y quien la empujó a forjarse como toda una geisha, hasta lograr la mejor versión de sí misma, sin dudas ni inseguridades. Fue Gustavo, a quien mantenía aún de amante, el único con el cual no practicaba juegos sadomasoquistas, porque la pulió como un diamante y le dio cultura que, a su vez, le trajo mucho, pero mucho dinero.

Cristina salió al encuentro de Nicolás. Ahí estaba él, esperándola con una botella de champán, la más cara que tenía el menú, sentado en la mesa de uno de los salones semiabiertos que daba paso, si asi se acordaba, a otro privado.

La conversación fue amena y superficial, y cuando ya la botella estaba por terminarse, fue ella quien lo invitó a que la acompañara a su apartamento.

—¿Te gusta que te aten? —le preguntó Nicolás, a lo cual ella contestó, sin pensarlo dos veces.

—Me gusta atar. —Nicolás sintió cómo se le comenzaron a contraer los músculos y su respiración se aceleró, al tiempo que la sangre acudía a raudales a su pene.

—¿Cuánto? —preguntó él.

—$800 —contestó ella.

—Te pago $1000 más propina.

—Vale —y Cristina sonrió retorcidamente, sabiendo que le esperaba una noche de placeres intensos con este hombre hermoso y rico.

A primera vista, el apartamento era de lujo, pero normal, con decoración moderna y fina. Un amplio salón que daba a un balcón frente al mar, que de día tenía que ser majestuoso, pero de noche solo regalaba el acariciador sonido de las olas y el embriagador olor a mar. Sin embargo, a un segundo vistazo, se veía su estilo de vida por todas partes. Cada cuadro en la pared era una pintura de erotismo. Réplicas de las famosas *El Sueño de la Mujer del Pescador*, varias de Egon Schiele, y otras de las que no reconocía su autoría. Todos los libros eran sobre sexo, *Kamasutra*, *120 Días en Sodoma* —del Marqués de Sade—, algunos de Sigmund Freud, *El Amor Libre, Eros y Anarquía* —de Osvaldo Baigorria—. Todo sobre los placeres de la carne y la psicología de la sexualidad. Nicolás sintió que estaba en la gloria.

Después de un par de whiskies, pasaron a la recámara, donde la pared al frente de la cama era de velcro, y al lado, en el piso, había un baúl negro, grande, de estilo oriental, que guardaba todo tipo de artefactos. Cristina se dispuso a desnudar a Nicolás, quien se sorprendía a sí mismo... "¿Cómo era que se dejaba llevar por esta tipa, cuando él era el que siempre tenía las riendas de sus relaciones sexuales? ¿Habrá sido por la actitud de Claudia, esa nueva rebeldía y rechazo? Tal vez, es bueno experimentar otras formas de placer", se dijo al tiempo que le vendaban los ojos.

El primer latigazo le quemó un poco la piel de sus nalgas, pero le agradó la sensación. Reconocía la fuente. Era una fusta de esas que terminan en varias cuerdas de cuero.

Él tenía una también. El segundo latigazo estremeció todo su cuerpo, porque vino mucho más intenso y en el mismo lugar. Entonces, sintió una lengua lamer mitigante el dolor, mientras le ponían esposas en sus tobillos. Cuando se dio cuenta, Nicolás estaba atado a unas argollas en la pared, inmovilizado a tal punto que apenas podía mover sus pies, algo que intentó hacer ya a la fuerza, pero tampoco lo logró.

Se asustó un poco pero no dijo nada, ya que ella, en ese momento, comenzó a masturbarlo con una mano llena de aceite caliente, que provocó que la erección que ya tenía llegara a su máxima expresión.

Entre esos movimientos a la piel de su falo y los latigazos, Nicolás tenía que controlar las ganas de eyacular, aunque siempre se había vanagloriado de su capacidad de duración.

Cristina iba a morder fuertemente las nalgas que separaba con sus manos, a lamer y chupar toda su intimidad, cuando Nicolás se acordó de su amigo Pierre.

En ese entonces tenía 11 años. Sus padres se pasaban la vida peleando y su casa era un infierno, así que siempre aceptaba irse los fines de semana o en las vacaciones de verano con Pierre y su padre, que era divorciado, y procuraba ofrecer un ambiente de juerga, música y diversión.

Hasta los dejaba tomar cerveza y whisky. Y más de un trago. Salir en yate era casi una rutina en esa casa. De Buenos Aires a Punta del Este era uno de sus viajes favoritos. ¿Por qué la memoria de aquel tiempo en su vida le llegaba en estos momentos? ¿Por qué no se podía concentrar en lo que estaba viviendo, si lo estaba disfrutando? Fue cuando Cristina le metió lo que —sentía— era como un pequeño consolador, que el recuerdo le llegó a borbotones. Como un terremoto devastador y fulminante que desestabiliza, quiebra y arruina para siempre.

Pierre durmiendo bajo los efectos de varios tragos, Nicolás mareado y tratando de dejar de ver todo el camarote dar vueltas, y sentir al padre de su amigo abrir la puerta. "Nicolás...¿cómo estás? Échate a un lado, déjame descansar que también estoy mareado". Y sentir su cuerpo en la cama. Y sentir el placer de una mano extraña acariciar de abajo hacia arriba sus muslos, acercándose a su pene que se empezaba a poner duro, y no entender nada, y no entender nada. Solo pensar que se sentía demasiado bien, pero que todo estaba demasiado mal.

—O me sueltas ahora mismo o no te pago ni un centavo, además de que voy a arruinar tu vida a niveles que jamás podrías imaginar. —La amenazó.

Cristina se vio obligada a bajarse de la embriaguez que provocaban en ella situaciones así, pero vendrían muchas más, así que nada importaba.

Nicolás le pagó apenas 700 dólares y se fue rápidamente del apartamento. Ya en su carro, comenzó a llorar, incontrolable. Tenía ganas de vomitar. No sabía si eso que acababa de recordar había sido una pesadilla o era una realidad que había hundido en lo más profundo de su ser para que jamás viera la luz. Manejaba tan rápido que los otros conductores en la carretera pensaban que era alguien buscando el suicidio o algún adolescente de padres millonarios, inexperimentado y bajo los efectos de las drogas, que probablemente terminaría en una de esas patéticas noticias que dan en la televisión, y que los menos afortunados en las finanzas no podían entender: "Mira para allá, teniéndolo todo, y aun así... esos ricos están jodidos".

Pero esa noche Nicolás no chocó con su automóvil, fue su realidad oculta la que chocó con su vida. Una que, efectivamente, había enterrado cuando apenas tenía 11 años. Una realidad demasiado dolorosa, demasiado vergonzosa como para recordar.

Llegó a su casa y se alegró de ver, desde afuera, la luz de su cuarto encendida. Sofía debía estar despierta aún. Era tarde en la noche, así que las niñas ya tenían que estar durmiendo. Abrió la puerta y sintió que necesitaba un trago. Se sirvió uno con las manos temblorosas y un nudo en la garganta. De un solo sorbo se lo tomó y se sirvió el segundo, que bebió de igual manera. Se dirigió hacia el cuarto con el tercero en la mano.

Subió las escaleras anchas y majestuosas que daban al segundo piso, y pensó en lo agradable que era su casa. La verdad es que había que reconocer que Sofía era una decoradora innata, que podía convertir cualquier espacio, por más grande que fuese, en algo acogedor, que se sentía un hogar, con calor suave de chimenea, olor a comidas que acarician, alimentan y satisfacen, y con energías protectoras que abrazan. Nunca lo había pensado hasta esa noche, subiendo las escaleras, pero Sofía era una mujer extraordinaria y la vida lo había colmado con ese regalo, además de sus tres hijas. No creía en ningún dios, pero el universo le había otorgado bendiciones que no había reconocido o apreciado hasta ese momento, y que —definitivamente— no merecía. Se sentía miserable, un canalla despreciable y asqueroso, sucio y detestable, que lo que debía era morir.

Su esposa estaba sentada en el escritorio del cuarto, de espalda a la puerta. La sensación de que ya podía respirar vino a calmar la ansiedad que lo enfermaba.

—Sofía —dijo, y cruzó sus brazos por el pecho de su esposa, que no se volteó y se mantuvo inmóvil ante su gesto, mientras Nicolás veía sobre el escritorio fotografías de Claudia: él besándola en algún restaurante, el edificio donde la mantenía, él saliendo del apartamento, cuentas de banco, tarjetas de crédito; toda la evidencia estaba expuesta en papeles y fotografías que su esposa tenía ante sus ojos.

Ella se mantenía inmutada, con mirada de hierro, cuando dijo: "No te quiero volver a ver jamás en mi vida. Desaparece o te voy a cortar los huevos como se los cortó Gea a Urano. Y que se vaya al carajo Urano, que a Anouk y Laura les ha traído éxtasis, pero a mí me ha derrumbado el estúpido castillo de mierda que había creado para mí y mis hijas. Hijo de la gran puta, Nicolás, muérete porque para mí, y desde ahora, ya estás muerto".

CAPÍTULO
21

Veneno para ratas

Sofía estaba decidida, Nicolás iba a pagar las consecuencias. Esa noche había tenido un sueño muy extraño: la Diosa Gea, transformada en una mujer magnífica y opulenta, abría la puerta de su casa y entraba caminando por la sala, con sus caderas anchas y su amplio pecho... poderosa, temible, terrible. Luego, se sentaba en el sofá blanco de lino italiano, con la hoz de oro puro en la mano, y se le quedaba mirando fijamente a los ojos por un largo rato. Sofía no podía hacer otra cosa que devolverle la mirada embelesada, temiéndole, respetándola. Al fin, Gea decía: "No tiene que ser con una hoz, no tienen que ser los testículos, hay otras formas... él puede morir como lo que es, como una rata". Gea lo había sentenciado y Sofía, convencida de que ese sueño era real y profético, se despertó con la idea fija en su cerebro. El plan empezaría después de llevar a las niñas al colegio.

Lo primero que hizo fue mirarse en el espejo de su baño. Tenía los ojos manchados de negro por el maquillaje, porque la noche anterior no se había lavado la cara. Su pelo negro corto estaba totalmente despeinado y su rostro, demacrado, pero en la mirada se asomaba una nueva energía que le daba fortaleza. La sed de venganza también puede mover montañas.

Se dio una ducha, como siempre, rápida y sin reparar en cremas o aceites. Se lavó el cabello, pero ni siquiera se echó acondicionador. Así de poco le importaba. Y antes de bajar a preparar el desayuno, se volvió a tomar una Xanax para los nervios y otra Zoloft para la depresión. Las tragó con la ayuda del Chardonnay que aún quedaba de la segunda botella de vino que la había acompañado a la cama. Llevaba muchas noches durmiendo sola, desde que botó a Nicolás de la casa, cuando le enseñó la evidencia que le había traído el detective, que había cobrado miles de dólares por apenas un par de horas de trabajo para comprobar lo que ella sola hubiera podido. En medio de su dolor, la reconfortaba que Nicolás la hubiera llamado para decirle que Claudia "se marchó a Utah con un evangélico". Demasiado tarde.

Sofía despertó a Camila, Valentina y Estefanía:

—Vamos, que llegamos tarde —dijo sin ganas al abrir las puertas de los cuartos de sus tres hijas. Bajó las escaleras y les preparó tostadas francesas, ya que ella misma necesitaba empezar el día con algo dulce, después de ese sueño. Se comió tres, untadas con mucha mantequilla y almíbar *Aunt Jemima* que, además, tomó de la botella como si se tratara de agua.

Esa mañana le había regresado el apetito después de mucho tiempo, aunque todavía no tenía ningún sentimiento. Lo único era la sed de venganza, que tanto Gea como Némesis le alimentaban. El resto era como si estuviese adormecido. Ya no le dolía el corazón, no tenía rabia, ni celos ni inseguridad. Las pastillas antidepresivas y contra la ansiedad que le había recetado la psiquiatra, habían dado buenos resultados. Pero, como efecto secundario, tampoco sentía otras emociones. No se asomaba en ella la alegría, el deseo de tocar el piano, el entusiasmo; ni siquiera, por cosas de sus hijas que antes la hubiesen llenado de felicidad. Estaba su ser... en neutro.

Dejó a las niñas en el colegio y esta vez ni siquiera saludó con la mano a las otras madres que, al no tener otra cosa que hacer en sus vidas, se la pasaban en la escuela "ayudando", mientras hablaban y "destruían" durante sus conversaciones a las otras madres, que sí trabajan fuera de sus casas.

Sofía tenía puestas unas gafas negras que ocultaban sus ojos y que no revelaban el plan macabro grabado en sus retinas, que estaba dispuesta a llevar a cabo hasta el final. Siguió de largo, ignorando olímpicamente a dos madres del PTA que llamaban su atención con señas. Hoy, por primera vez, a Sofía le importaba un bledo lo que pensaran de ella, aunque sabía que, un mal paso en ese grupo, y quedaría afuera para siempre. Un círculo maldito de mujeres que arruinaban la vida de tantos niños al determinar si se merecían pertenecer o no a ese micro mundo estúpido, que ellas mismas habían inventado. Porque sabían que no tenían control de sus propias vidas, ni de sus maridos, ni de sus hijos, ni de su destino, y dominar lo que fuera para no sentirse a la deriva, era una forma de justificar su existencia.

Sofía se sentía culpable, porque de alguna manera ella había contribuido a ese paradigma de la alta sociedad. Pero... nunca más. Nunca más. Iba a terminar con lo que había sido su vida hasta ese momento, y esto empezaba con Nicolás.

Hoy le urgía comprar veneno. Veneno para ratas, como su marido. Para eso se iría a otro condado, lejos de su ciudad, para que no la reconocieran. Tenía que planificarlo bien. En su mente revisaba los pasos para no dejar evidencia alguna. Pagar en efectivo, no preguntar nada a ningún empleado y hacer toda la investigación de porciones efectivas en una biblioteca.

Así que Sofía manejó por una hora hasta una ferretería, donde compró cuatro frascos de "veneno garantizado, listo para usar, con extracto de glándulas sexuales de ratas; atrae, mata y deseca ratas y ratones". Le pareció perfecto hasta lo de las glándulas sexuales... «Que muera como vivió. Quien a hierro mata, a hierro termina», pensó.

Luego se dirigió a la biblioteca local. Sacó un carnet con un formulario que llenó con mucha información falsa, pero qué importaba... El empleado, un jovencito milenio que estaba jugando con su celular, ni se fijó en los datos y apenas miró la licencia cuando Sofía se la entregó.

Luego, ella se sentó en una computadora y se puso a investigar. "¿Cuánto veneno se necesita para hacer que un hombre de más de seis pies sea fulminado de un plumazo? ¿Cuáles son los síntomas? Sangrado externo, encías pálidas, orina y materia fecal sangrante, complicaciones cardíacas"... Sofía leía y leía, y se daba cuenta de que necesitaría grandes cantidades para lograrlo. ¿Con cianuro? ¿Una combinación con el raticida? Entonces, encontró un artículo de prensa... el de las gotas para los ojos. Una mujer muy pudiente de Carolina del Sur, que admitió haber envenenado a su esposo, Steve Clayton, a quien todo el mundo adoraba por ser carismático, simpático y divertido, como se comentó mucho en su funeral. Al principio, Lana Sue Clayton, de 52 años, había dicho que Steve había tropezado en las escaleras y que, lamentablemente, había caído a una muerte segura. Pero fue en momentos en que se realizaba el entierro, que las autoridades llegaron al cementerio.

—Lana Sue Clayton —dijo uno de los policías, mientras otro la esposaba.

—Queda usted bajo arresto, enfrentando cargos de homicidio en primer grado por la muerte de su esposo, Steve Clayton, nacido en Florida y residente de Carolina del Sur.

Los familiares y amigos que se encontraban en el campo santo no podían creer lo que estaba sucediendo. Y el cura fue el primero en no decir ni una palabra, y entró rápidamente a la capilla del lugar. Efectivamente, y como reveló la autopsia, Steve Clayton murió envenenado. No con veneno de ratas, o con cianuro, o con los otros venenos conocidos para acabar con la vida humana. No, fue con gotas para los ojos. El cuerpo de ese hombre no aguanto el químico y entró en un coma rápidamente; sin poder ni siquiera respirar, le faltó oxígeno al cerebro y cayó escaleras abajo, empujado por su esposa. Steve —a quien todo el mundo quería porque en verdad no conocían su verdadero ser: un perro que era umbral de la calle y oscuridad de la casa— fallecía a sus 64 años.

Pero debió haber muerto mucho tiempo atrás, pensaba Lana Sue, que había sido una mujer abusada psicológica y físicamente por su marido durante muchos años, hasta que un día decidió que ya no más. Y, al igual que Sofía, buscando la liberación, leyó en un periódico un caso similar de envenenamiento, muy difícil de probar. Y lo decidió: le daría a su marido altas cantidades de tetrahydrozoline, el ingrediente activo que se compra sin receta en las gotas para los ojos o para la congestión nasal.

Barato, no levantaba sospechas, no requería prescripción médica, altamente efectivo y que se podía dar en el whisky, en el agua, en el vino, en la sopa, en todo lo que el hijo de puta se bebiera. La mujer confesó su crimen con el rostro inmutado, ya que no le importaba pasar el resto de sus días en la cárcel, porque en su pequeña celda iba a ser mucho más feliz que en la mansión de apariencias y maltratos.

—¿Qué estoy haciendo? —se preguntó Sofía, mientras el aire le dejaba de entrar en los pulmones y sus manos comenzaban a temblar.

Se echó a llorar de forma descontrolada, sintiendo el dolor de la traición regresar a su pecho... no había pastilla antidepresiva que detuviera el torrencial de amargura que empezó a inundarla. Y era, exactamente, lo que necesitaba: sentir el dolor, abrazarlo, dejarse arrastrar al suelo y ponerse boca abajo contra el piso, sin poder caer más abajo. Porque de ahí... de ahí... solo hacia arriba... a levantarse y pararse en sus dos pies.

Una anciana que estaba leyendo un libro relativamente cerca de ella —la única otra persona en la biblioteca— le preguntó:

—Señora, ¿está bien? ¿La puedo ayudar? —Después de un largo tiempo, cuando logró controlar el llanto y comenzó a respirar nuevamente.

Secó sus ojos y le contestó:

—No lo estoy, pero lo voy a estar... ningún hombre amerita que una arruine así su vida y la de sus hijas. —

Sofía salió de la biblioteca, se montó en su carro y empezó a manejar rumbo a su casa, pero antes echó el paquete con el veneno que acababa de comprar, en el basurero industrial que estaba en el estacionamiento de la biblioteca municipal.

"Gea... esta vez, no. Estar con mis hijas es más importante que vengarme... sé que lo entiendes, ya que tú fuiste la primera madre".

CAPÍTULO
22

El ángulo de Erzulie

Laura entró en la librería y, afortunadamente, Eleonor no estaba atendiendo a ningún cliente; solo organizaba unos libros que habían sido sacados de orden en el anaquel. Se le había ocurrido la idea la noche anterior, cuando, después de tomarse una botella de Chardonnay, vio que en su celular ya no se asomaba ni por casualidad un nuevo mensaje de Gustavo. ¿Cuánto tiempo había pasado sin que él le escribiera? ¿Cuántos días sin responder a su último mensaje? Demasiados. Es más, ¿cuántas semanas hacía que ni siquiera lo veía? Él, siempre viajando por su trabajo.

El corazón de Laura se sentía arrugado como si el monstruo mitológico Grifos, con sus garras de león, lo hubiese apretado con fuerza. Y que, en vez de romperlo en mil pedazos, el abominable ser se hubiera apiadado de ella y, justo antes, suavizó su zarpazo. Se sentía presa en la red de un amor maldito, muy maldito, en donde ella era solo un eslabón de una larga cadena insignificante para él.

—Eleonor, necesito hacer algún ritual... de esos de tu negra Loreta. Me urge que Gustavo vuelva a mí, que me quiera de nuevo. ¿Cómo es que se hacen los muñecos? Un amarre, eso... un amarre con fetiches. Es que no puede ser que se me esté alejando, Eleonor. ¿Y todos los planes que él decía que tendría conmigo? Que tenía que ser discreta con nuestro romance hasta que me divorciara, por el "qué dirán", y porque él quería ser por siempre un buen amigo de Alana, para que ella no lo viera como el hombre que rompió el matrimonio de sus padres. Que me iba a llevar a Inglaterra, a Río de Janeiro y a aquí y allá. Que su corazón, que siempre había estado hueco, por fin se llenaba de amor por mí. ¿Fue todo mentira, Eleonor, o algo que yo hice o dije? Estoy desesperada. Él no ha vuelto por aquí, ¿o sí? Ayúdame —le imploró.

—¡Ay, Laura! No, no lo he visto. Y sabes que yo no creo en rituales, ni en el vudú. No, en nada. Tú me conoces: cuanto más, soy agnóstica. Mi querida Loreta, sin embargo, aseguraba que hasta veía de vez en cuando al Lwua Erzulie en el fuego de la chimenea de mi casa, en Luisiana. Pues bien, si eso es lo que quieres, aquí tenemos varios libros de rituales, trabajos y magia del amor del vudú. Ojéalos y, si quieres, le saco una fotocopia al que escojas. No lo tienes que comprar. Como me decía Loreta: "Eleonor, tú no sabes qué es, en verdad, lo que se esconde detrás del velo que oculta el mundo inmaterial, pero te aseguro que es mucho, mi niña. Mucho y muy grande". —Los ojos de Eleonor miraban a Laura desbordados de compasión, porque sabían que no había amado intensamente como ella a su Ernesto, hasta que conoció a Gustavo. El hombre incorrecto, un mujeriego narcisista que la deslumbró con su intelecto y su fingido amor.

Laura eligió el *Libro de Hechizos Hoodoo Voodoo*. La convenció el capítulo 7, Hechizos Rojos — Amor, encantos y sexo para conquistar o reconquistar un corazón, atraer un amante alejado y amarres inseparables hasta la muerte.

—Pero, en verdad te pregunto —siguió Eleonor—: ¿Quieres que él regrese a ti porque le hiciste una brujería o porque de verdad él quiere estar contigo por amor... genuinamente? —Para Laura, eran las primeras palabras salidas de la boca de esa amiga, que le habían dolido.

—Eleonor, no me preguntes eso ahora... y perdona lo que te voy a decir, pero ¿quién sabe si el trabajo que hizo Loreta no fue en verdad lo que provocó ese amor incondicional entre Ernesto y tú? —le refutó Laura, sintiendo una mezcla de dolor y frustración que hervían en la boca de su estómago.

—Estás desesperada y se entiende, yo estaría igual. Haz lo que tengas que hacer y, si no, aquí estoy para escucharte. Eres una mujer maravillosa, Laura. Bella, aun joven, inteligente, tienes una larga vida por delante. Te mereces lo mejor. Permíteme que te diga algo: la llegada del planeta Urano a tu signo, tu abuela, la luna verde... lo que haya sido que te hizo, por primera vez en mucho tiempo, querer vivir apasionadamente tu vida... No importa. Lo importante es que tuviste ese momento de epifanía.

»La vida te llamó a reflexionar, a lanzarte a una aventura y tuviste la valentía de darte esa oportunidad. Son situaciones que muchas mujeres no se atreven a, ni siquiera, contemplar. Y, mucho menos, después de los 40... por el "qué dirán", por la estabilidad emocional de los hijos, por miedo a un futuro desconocido. Pero la vida solo se debe vivir así... intensa, honesta y apasionadamente, amando cada segundo, disfrutando las subidas, pero también las bajadas, como si uno fuera solo un gran espectador. Y tú, mi Laura, te mereces eso y más. Tu relación con Emilio era, y perdona mi atrevimiento, una falsedad mantenida y arrastrada únicamente por una hija y un círculo social. Y, tal vez, esa felicidad no es al lado de Gustavo; tal vez, no es al lado de un hombre, o tal vez sí. Pero lo que no funciona, no funciona; lo que no llena, no llena y nunca llenará y, en este caso, hablo de tu matrimonio con Emilio. Te he cogido tanto cariño que te siento como una hija, y quiero lo mejor para ti. Haz el muñeco de vudú, no te olvides de hacer el ritual dentro de un círculo de sal, preferiblemente, de sal de mar, como hacía mi Loreta. Pero si Gustavo no regresa, ya que, como decía mi negra, a veces, ni Erzulie puede mover corazones que aparentan ser evolucionados, pero en verdad solo son carnales y oscuros, pues tienes que darte cuenta de que vas a estar bien tú sola. En el caso de Gustavo, a pesar de que te deslumbró, yo siempre percibí algo que no cuadraba, una contradicción en él... y eso es lo que me temo. El tipo de hombre de mundo, culto y que ve a las mujeres como conquistas. Las más grandes, mujeres exitosas, casadas y estables, como tú. ¿No crees? —le dijo Eleonor, dándole un cálido abrazo.

Laura pagó por el libro y de ahí se fue a una botánica que estaba muy cerca. En una ciudad con tanta influencia caribeña, había una en cada esquina. Entró y lo primero que le sorprendió fue el intenso olor que impregnaba todo el lugar. Era una mezcla de incienso de mirra, Agua Florida, tabaco, clavo, sándalo... ¿y sangre? El dependiente de la tienda, Carlos Guillén —un cubano de mayor edad, de piel oscura y gigantesco como un mulo— estaba vestido de blanco, con varios collares de pequeñas cuencas de diversos colores. Su cabello de mestizo estaba cortado casi al ras. Terminó siendo el dueño del lugar y mucho más... un babalawo famoso de Cuba, que tenía la capacidad de curar desde los seis años, como él mismo le contó —y como luego Laura confirmó en YouTube que debió de escapar de la Isla porque un trabajo que le hizo al mismo Fidel Castro hacía muchos años, no había dado los resultados que esperaba el comandante.

—Fidel, que profesaba un Estado libre de religión, era en verdad un hombre lleno de contradicciones —le contó Carlos.

—Cero instituciones religiosas, pero él consultaba con los sacerdotes más destacados de Cuba y de Angola para que le hiciéramos trabajos de protección. Socialismo para su pueblo, pero para él... capitalismo de whisky de 12 años, jamón de pata negra y yates que recorrían el Caribe con los lujos más deliciosos y camarotes que albergaban a hembras diosas. ¿Usted sabe que Fidel Castro era del signo de Leo? ¿Y qué Urano estuvo en Leo entre 1955 y 1962? ¿Y que Fidel Castro tomó el poder en 1959? Yo no conozco mucho de astrología, pero sé que ese planeta se las trae —dijo el babalao. Y Laura entendió por qué Urano estaba convulsionando su vida.

Mientras escuchaba, impaciente por llegar a casa lo antes posible, miraba absorta alrededor, ya que le impresionaban las estatuas gigantescas de San Lázaro, la Virgen del Cobre, Orisha, Obatalá y Yemayá. Algunas eran aún más altas que ella misma, que ya de por sí era muy alta. Luego, le entregó la lista de las cosas que necesitaba para el hechizo.

—¿Lo va a hacer usted misma? —le preguntó el hombre mientras la miraba de arriba abajo, como no queriendo creer que una mujer como ella se dedicara a las artes ocultas.

Pero una segunda mirada a los ojos de Laura y un escaneo a su aura, le permitieron entender que, a veces, las apariencias engañan, y que este ser que tenía delante encerraba dentro todo el poder de un babalao, sin haberse —ni siquiera— hecho el santo.

Todo un séquito de espíritus la acompañaba, y la única razón por la cual su tercer ojo no estaba abierto del todo, era por el miedo que ella sentía al mundo espiritual, aunque regresaría a raudales en el momento que decidiera abrirle los brazos y darle la bienvenida a lo oculto.

—Probablemente, usted fue una sacerdotisa poderosa en otra vida. Nació con el don... don de vientre. ¿Su madre era santera? —le preguntó, ahora muy interesado en esa capacidad que acababa de descubrir en esta mujer que se veía guapa, elegante y profesional.

—No, no viene de su madre, es su abuela. Está detrás de usted, saludándome. —Laura sonrió porque sabía que, de alguna manera, su querida Yaya siempre la acompañaba, aunque muy pocas veces se le aparecía, a pesar de que, en ocasiones, como durante estos días, ella se lo imploraba.

—Pues ojalá que me ayude con lo que voy a hacer. —Laura pagó por las velas, los aceites de pachulí, mirra, sándalo, el cuchillo de serpiente, el palo abre caminos y todos los otros objetos necesarios para hacer un trabajo de vudú.

Mientras manejaba, pensaba en Emilio, que le había traído los papeles del divorcio; en Alana, que seguía triste al saber que su vida ya no sería la misma, y en Gustavo, que había llegado como Urano, a sacudir su existencia de la forma más maravillosa posible y, de igual manera, había desaparecido, dejando el caos, el corazón roto, los nervios de punta, los músculos tensos y la mente a millón.

Había que hacer algo. Laura se encerró en su cuarto. Hizo primero un círculo de sal de mar. Se colocó en el medio y, por si acaso, hizo un cuadro dentro del círculo con azúcar blanca, que no era parte del ritual del vudú, pero en su mente endulzaba el trabajo de amor. Ya había cosido los dos muñecos con las fotos de Gustavo y de ella clavadas con los alfileres especiales que compró en la botánica.

Los pétalos de rosa, las velas rojas, la sangre de menstruación... "¡Oh, Lwa Erzulie...!", comenzó Laura a invocar, mientras hacía todo lo que Carlos Guillén le había dicho que hiciera, y que era casi igual pero un poco más profundo que el ritual de Loreta y el del libro. Laura buscaba la presencia de Erzulie con la misma intensidad que la de su abuela. Y fue ahí cuando, de repente, empezó a oler aromas diferentes... sándalo, rosas, mirra, y algo que no podía descifrar pero que olía a vagina, o mar limpio y cristalino. Y súbitamente... Afrodita, su Yaya, Erzulie, Eros, Némesis y Gea, se presentaron magníficos ante ella. ¿O era una alucinación? Círculo de sal, aceites del amor, velas rojas, muñecos fetiches... Laura estaba en el mismo centro del círculo de sal y se sentía poderosa, como si hubiese hecho magia en todas sus encarnaciones. Recitaba sus encantamientos e invocaba a Gustavo para que, donde estuviese, su alma la escuchara y se acordara de ella. Pero, sobre todo, para que él sintiera de nuevo el amor.

Y entonces, pasó. Gustavo, que en ese momento estaba en la cama de un cuarto de hotel en Buenos Aires, con una de sus tantas amigas, sintió una punzada en el corazón como si estuviera sufriendo un ataque al corazón, y su pene —que estaba en plena faena de penetrar una vagina— sintió como si un cuchillo, o una hoz, lo cortara a la mitad.

—¡Ay! —Un grito ensordecedor salió del alma de Gustavo, quien se echó retorcido a un lado de la cama.

—Y vos, ¿qué tenés? —preguntó la mujer asustada.

—¡Llama a una ambulancia, por favor! —dijo él, mirándose su miembro, que no estaba cortado, como había sentido, sino doblado en un ángulo de 90 grados hacia abajo.

Una condición —como se enteró después— llamada Enfermedad de Peyronie. El nombre se debía al médico francés Francois Gigot de la Peyronie, cirujano del rey Luis XV de Francia, que en 1743 la describió como la "aparición en el pene de un tejido fibroso que origina una incurvación apical durante la erección". Una enfermedad que afecta a solo el 1 por ciento de la población masculina. Pero, en el caso de Gustavo, no hubo operación que valiera, a pesar de que fue atendido por varios de los cirujanos más peritos en el tema. No, Gustavo nunca más pudo tener sexo con nadie, y hasta masturbarse le causaba tanto dolor que desistió para siempre. La ironía de la vida, un hombre que se había acostado con —como mínimo— cinco mujeres de cada país, excepto quince de esos que nadie visita, como Corea del Norte, Chad, Mauritania y Guinea-Bissau.

Eso fue lo que le pasó a Gustavo físicamente. Tal vez, Gea, Némesis y Erzulie quisieron vengarse de él, el típico mujeriego que hacía sufrir a tantas mujeres, pero Eros y Afrodita le jugaron otra pasada. Gustavo no pudo sacarse a Laura de su mente nunca más y, mucho menos, de su corazón. Es más, con los ojos abiertos o cerrados, tenía su cara grabada en su visión como si fuera un holograma.

Pensaba en ella de día y aún más de noche, cuando todo su cuerpo ardía sediento por ese amor que abandonó, sin darle ninguna explicación. Pero... ¿cómo buscarla? Después de que él le hizo lo que le hizo, enamorarla, saber que él había sido el gran amor de su vida, y alejarse de ella sin ni siquiera decirle por qué... o, por lo menos, una excusa como "Lo siento, soy un Don Juan, este es mi juego".

No, cómo buscarla ahora y, mucho menos, cómo buscarla con un pene partido a la mitad, y lleno de cicatrices tras varias operaciones fallidas.

El último día de vida de Gustavo, que no fue mucho después de eso, le escribió una carta a Laura profesándole su amor, pidiendo perdón y diciéndole que trabajaría su Karma mil y una vidas hasta volverla a encontrar... y, entonces, repararía todo el daño que le había hecho. Pero esa carta jamás le llegó a Laura. Y sería varias reencarnaciones después, que ambos se reunirían como dos almas casi gemelas, amantes libres... sin tener a Némesis o Gea, o el adoctrinamiento de un padre herido por una mujer, interfiriendo. Aunque había que reconocer que, a Urano, el revolucionario, no le hubiese gustado tener que esperar tantas vidas, ya que siempre le agradó sobremanera la pareja de Laura y Gustavo.

CAPÍTULO
23

Almuerzo de crisis

—Les aseguro que hay una parte de mí que quiere acabar con todo. Sí, eso que están pensando. Hay madrugadas que me levanto con el pulso tembloroso y un miedo profundo y negro instalado en medio de ese lamento pasional. Y me pregunto: ¿Qué he hecho, por qué he destruido a patadas la vida que construí para mí? ¿Por qué me he saboteado hasta este punto, convirtiéndome en una mujer infiel? ¿Y para qué? ¿Por él, un casanova narcisista que nunca me quiso? —Laura se confesaba ante Sofía, Anouk y Nina, sin poder probar bocado de su almuerzo. No entendía por qué había ordenado su plato de salmón con ensalada, si ni siquiera tenía apetito. Solo quería tomar vino blanco y en grandes cantidades.

Estaban en *Frenchies*, ese restaurante francés, pequeño y acogedor, con fotografías de París, ciudad a donde las tres habían ido juntas al graduarse de la universidad. Un viaje que había marcado sus vidas placenteramente y había profundizado su amistad para siempre.

Fue allí, en *Frenchies*, donde se habló de novios "serios", de bodas, de "estoy embarazada", de "coño, son gemelos y varones", de "necesito una mejor nana", de este libro y este otro, de religión, de la vida, de filosofía, de política y de tantos otros temas compartidos en mil y un encuentros.

Esa mañana, Laura les había rogado verlas.

—Si hay momentos en que las amigas hacen falta, es ahora. Por favor almorcemos hoy a la 1 p. m. —Se leía en el mensaje de texto. Ting...

—¿Puedo llevar a Nina? —preguntó Anouk.

—Me ofendes con la pregunta, por supuesto que sí —contestó Laura.

Sofía había tardado dos horas en responder, pero cuando lo hizo, su comentario sorprendió a ambas: "Acabo de regresar de comprar veneno, de investigar cómo se mata a alguien, de sentir que no podía respirar y de decirle a Gea que no lo haría, que mejor lo mando al carajo y me divorcio. Obviamente, necesito verlas yo también. Ahí estaré".

Ahogarse en sus penas. Eso era lo que quería Laura esa mañana, que sentía que no quería vivir más luego de haber conocido al amor de su vida y que este se alejara sin explicación alguna. Ella sabía que sus amigas le darían consejos que ayudarían a mitigar el dolor.

Se alegró de que Alana iba a ir directo de la escuela a la casa de una compañera, donde se quedaría a dormir. No se tenía que preocupar si tomaba muchas copas de más, y si se emborrachaba, pediría un Uber. Ya recogería su carro al otro día. Emilio no le iba a preguntar nada al respecto, ya que ni le hablaba hacía semanas. Desde el día que se enteró de la existencia de Gustavo, cuando tomó el celular de su esposa, y acertando su contraseña —que no era tan complicada... la fecha de nacimiento de Alana— leyó en WhatsApp una larga conversación de muchos días, que iba desde discusiones filosóficas, confesiones personales, relatos de la niñez y vivencias del día a día, hasta mucho erotismo, seducción, sexting y fotografías de su mujer desnuda y en posiciones provocadoras, como él no había visto nunca. Para Emilio, era conocer a una nueva persona, enterarse de un aspecto de la personalidad de Laura que, simplemente, no sabía que existía.

Era lo que necesitaba ver y comprobar, ya que se había percatado del cambio físico y emocional de su mujer, pero aun así no le había despertado curiosidad ni se cuestionaba por qué había ocurrido. No, hasta ese lunes, cuando llegó a su empresa y su socio, Carlos, le dijo:

—Laura se ve muy bien. Cuánto ha rebajado, se ha quitado muchos años de encima. ¡Ja, ja... como si estuviera enamorada!

Habían pasado la tarde del domingo en una barbacoa en casa de Carlos, un amigo que había conocido en la escuela el primer día de clases, cuando eran niños, y a quien —de alguna manera— la vida o el destino lo mantendría unido. Los dos optaron por ir a la Universidad Dartmouth, donde estudiaron la misma carrera empresarial y pasaron cuatro años de mucha diversión.

Así que, una vez graduados, pensaron que era una buena idea abrir la empresa juntos. De hecho, fue una noche de juerga con Carlos que ambos conocieron a sus respectivas esposas, aunque en bares diferentes. Los dos se casaron el mismo año, y tuvieron a sus hijas con apenas diez meses de diferencia.

En el recorrido a casa de Carlos y Sonya, Emilio y Laura apenas intercambiaban palabras. La comunicación entre ellos se había vuelto básica. Alana, en la parte trasera del carro, se tomaba selfies para luego subirlas a sus redes. A Laura no le agradaba de sobre manera Sonya, ya que sentía que había pocos puntos en común con esta mujer de temas superficiales, pero entendía que este tipo de eventos entre Emilio y Carlos eran importantes para la empresa, y ellos eran inseparables. Gustavo estuvo todo el trayecto en su mente, un pensamiento recurrente que no podía arrancarse. Al llegar, Sonya los recibió en la puerta.

—Hola, bienvenidos, pasen. Alana qué grande estás. Michelle está en su cuarto, esperándote —dijo.

Pero a Laura no le gustó la forma como la miró, sintió su envidia peor que nunca y le dio un presentimiento que ese encuentro sería determinante de alguna manera. Y efectivamente, al cabo de un rato de servir los tragos, Sonya se le acercó a Carlos:

—¿Te fijaste en Laura? Ha rebajado y se ve distinta. ¿Será que se echó un amante? —le dijo con mala intención.

No, Emilio no había conectado los puntos... no cabían dudas de que Laura se veía radiante últimamente. Siempre había sido una mujer muy atractiva —alta, de pelo marrón claro, al igual que sus ojos— que parecía una modelo de esas súper. Y más ahora, que había adelgazado. Su cuerpo se volvía a armar con músculos, como resultado de los pellets de testosterona, por un lado, y los ejercicios que hacía con la devoción de una novicia que quiere ser monja y que no se pierde la misa diaria ni por casualidad. Pero más allá de su aspecto físico, era su semblante... estaba siempre, inmensamente feliz.

Aun así, Emilio no le había comentado a ella lo bien que se veía. No le otorgó ni un solo halago, y es que —en verdad— él no le prestaba mucha atención a su esposa... ella se había vuelto para él algo garantizado, como la luz eléctrica que no se cuestiona si va a estar al encender la lámpara. Laura le había alertado que era un año de cambios en su vida, que lo presentía, que había visto a su abuela y a la luna vestida de verde esperanza, que después resultó ser Urano. Pero Emilio no creía en nada de eso, y pensó que era una de las locuras que de vez en cuando le daban a su mujer, que creía en "cosas raras" de un supuesto mundo oculto.

—¡Ay, Laura, cuánto lo siento! —le dijo Anouk pasándole la mano y sintiéndose afortunada de que ella —por lo menos— había encontrado el amor, aunque sentía que por ahora, había perdido a sus gemelos.

—¡Mierda, qué año! —concluyó Sofía.

Las tres lloraban sin importarles que había otros comensales en Frenchies. Chloe, la dueña y chef, que a través del tiempo se había convertido también en una amiga, lo único que podía hacer era mandarles más vino a la mesa, porque sabía que cuando las vidas de las mujeres están muy conectadas, las crisis llegan al mismo tiempo. Algo que muchas personas desconocían, pero de lo que Chloe estaba segura: que cuando las mujeres viven juntas... comparten... se mezclan... se sincronizan sus energías, sus auras, o sabrá Dios qué... y hasta tienen la menstruación al mismo tiempo. Pasa en las cárceles, en los conventos, en los orfelinatos, en las casas de albergue para víctimas de violencia doméstica y en los refugios para indigentes.

Todas, al compás, empiezan a fluir en el mismo ciclo de la vida.

Chloe estaba divorciada y volcaba toda su pasión cocinando. Y sus clientes, de alguna manera, sentían la repercusión de su energía erótica a través de sus platos, motivo del éxito de este acogedor restaurante en esta ciudad. Ella no entendía por qué las mujeres no habían hecho como los hombres, que mantienen un código milenario de honor... realmente envidiable. Pensaba que, si algo podían aprender las mujeres de ellos, es —precisamente— la unidad de la "cofradía testosterónica".

Porque no importaba lo que fuera, los hombres se protegían entre ellos y permanecían unidos, guardando un silencio sepulcral. Pero las mujeres, que a nivel espiritual y físico debían ser leales las unas con las otras —pensaba Chloe— tal vez por el patriarcado, se traicionaban.

En la mayoría de los casos, un hombre le era infiel a su esposa y sus amigos eran una tumba sellada. Las mujeres adoctrinadas, en cambio, no se eran leales. Ese no era el caso de Laura, de Anouk y de Sofía, y por eso le había cogido tanto cariño al círculo de amigas. Las tres eran muy especiales, cada una a su modo.

—Nicolás es un hijo de puta, un sádico, un mujeriego que mantiene a mujeres aquí y allá. Una de ellas, mi ex empleada doméstica, Claudia, a la que le abrí las puertas de mi casa y mi corazón. Él no se merece ni siquiera ser el padre las niñas —dijo Sofía, tratando de ahogar el llanto que salía a cuentagotas pero que en verdad era un mar desbocado de puras lágrimas dentro de ella—. Se me ocurrió matarlo, envenenándolo. Hasta Gea me dijo que lo hiciera. Pero por una vuelta del destino, o tal vez por mi ángel guardián, al final me arrepentí. Sin embargo, no voy a desistir de empezar una nueva vida, sin anteojeras, sin burka, sin estar adormecida, sin ignorar esas preguntas que la intuición de una se hace y que luego se desechan por mantener el *statu quo*.

Laura no podía hablar mucho, el vino nublaba ya sus sentidos. Escuchaba a sus amigas y, en su mente, estaban los ojos de Gustavo. Quería creer las palabras de Eleonor, de que ella estaba joven aún para reiniciar su vida, de que ella iba a estar bien sin un hombre al lado, que la vida era una aventura para disfrutar. Pero en ese momento tenía tantas dudas que, si cada una de ellas hubiese sido un granito de arena, tendría toda una playa.

CAPÍTULO
24

El viaje

Las manos de Nicolás no paraban de temblar y las ganas de vomitar no se le pasaban. Estaba sentado en primera clase, en el primer vuelo que encontró con destino a Buenos Aires. Fue lo único que se le ocurrió después de haber salido del apartamento de Cristina, esa noche que empezó como una deliciosa promesa de placer y que terminó con su vida rota. Una vida que se partió primero, pero que luego se hizo añicos al llegar a su casa y enterarse de que Sofía —después de pagarle a un detective para que lo espiara— sabía de sus infidelidades y de sus perversiones, y lo había echado de su vida para siempre. Esa maldita noche en donde recordó todo lo que había vivido en los paseos en yate por Mar del Plata con el padre de Pierre. Ese terror mezclado con mucha culpa por el placer sentido, que había enterrado en lo más profundo de su inconsciente, pero que ahora lo estaba sintiendo de nuevo como si apenas tuviera 11 años. Así que viajar a Argentina, mirarlo de frente y matarlo con sus propias manos era lo único que le pasaba por su mente.

Le daba vergüenza que las personas a su alrededor se dieran cuenta de que había llorado. Él, siendo tan poderoso, tan importante, un magnate que no le debía tener miedo a nada ni a nadie, había estado llorando como un niño, el niño que fue ultrajado y marcado para siempre por alguien que debió de cuidarlo. Era el papá de su mejor amigo, quien sabía que el hogar de Nicolás era un reto para cualquiera, entre las peleas constantes de sus padres ausentes, despreocupados y desentendidos del único hijo que tenía el matrimonio... si eso se podía llamar matrimonio.

¿No se suponía que el papá de Pierre debía protegerlo y volverse un segundo padre? ¿No se suponía que se hubiese apiadado cuando Nicolás le decía que la pasaba mejor en su casa y en el barco que con su propio padre? ¿Qué esa confianza de un niño apenas convirtiéndose en adolescente, y ese respeto, no debían ser traicionados? Nicolás siempre pensó que había nacido enfermo, dañado, pervertido... y, en verdad, ahora descubría que fue que a él lo lastimaron cuando apenas su vida empezaba y, en un mecanismo de defensa, borró su memoria, destruyó todas las violaciones de un perverso que emborrachaba a un menor de edad para luego abusar sexualmente de él. Porque borrar para siempre, esa había sido la única forma de sobrevivir. Había que olvidar memorias demasiado traumáticas para recordar.

Tomó un periódico para distraerse en las largas horas que duraría el vuelo. Llamaría a Pierre en cuanto pisara tierra y de ahí... Tal vez, porque las casualidades no existen y todo el destino de los seres humanos está marcado desde antes de nacer, la primera plana del periódico era sobre el abuso sexual de sacerdotes en Estados Unidos. Como para recordarle por qué estaba allí, en ese vuelo, en ese avión, en esa terrible aventura que no quería tener que vivir, pero le era imposible ya decirle que no. El artículo de la agencia de noticias EFE explicaba las aberraciones que curas pedófilos habían cometido contra los niños de sus parroquias. Uno de ellos —ya adulto— contaba que, con apenas 10 años, el nuevo sacerdote de la iglesia había comenzado a tocarlo y que, un año después, ya lo había violado. El hombre describía cómo le había destrozado su alma y cómo se había llevado su infancia, pero —peor aún— cómo había desfigurado su sexualidad, porque lo que había hecho no era forzado, no era doloroso, no era terrible... no, todo lo contrario. Y ese era solo uno de los casos. El informe era escalofriante. Más de 300 casos en seis de las ocho diócesis de un solo estado, Pensilvania. Pero este patrón de pedofilia parecía repetirse en otros estados y en otros países, como si se tratara del modus operandi de demasiados sacerdotes de la Iglesia Católica: abusos sexuales sistemáticos.

Nicolás no sintió alivio al comprobar que no era la única víctima de este flagelo. Dejó de leer el artículo porque le interesaba un bledo lo que habían pasado otras personas —tal vez— de bajo mundo, ignorantes, pobres. ¿Pero él? ¿Qué le hubiera pasado a él? Se maldecía por haber aceptado ir al apartamento de Cristina para explorar sensaciones nuevas de placer. Siempre en la búsqueda de nuevos y diferentes tipos de éxtasis. "¿Y por qué me gustaba? ¿Por qué me daba placer lo que me hacía el papá de Pierre?". Nicolás no quería seguir pensando, pero no podía evitarlo y —vergonzosamente— las lágrimas le corrían aún por las mejillas. Se sentía solo, sentía ganas de morir y acabar con todo, pero primero necesitaba vengarse. Tomaba un whisky tras otro, tras otro, y creyó que no podría conciliar el sueño. Solo le venían a su mente los recuerdos de manos, de caricias, de bocas, de lenguas, de estar totalmente ebrio, pero aun así mantener una erección que no quería tener, que le daba rabia, le daba asco y lo empujaba a cuestionarse su propia hombría en pensamientos cada vez más confusos, que no se podían ya elaborar en palabras, sino que venían en imágenes como si fueran las olas negras de un mar muy denso de aguas espesas, que se lo tragaba lentamente en un tortuoso y sádico final.

La voz del piloto anunciando que ya estaban a punto de aterrizar en el Aeropuerto de Ezeiza, despertó a Nicolás de lo que fue un sueño muy particular. Él estaba en el apartamento de la bahía mirando absorto un cuadro que no había visto allí antes: en un marco blanco, sobre un lienzo blanco, estaba cosida una hoz dorada, de hilos de oro. Su propia cara estaba cubierta por una máscara de cuero negra que consistía en dos triángulos invertidos que se tocaban a la altura del entrecejo y no dejaban ver la nariz ni la boca, pero sí los ojos. Pero esos ojos azules no eran los de Nicolás sino los del papá de Pierre. Paradas detrás de él y tomadas de las manos, estaban Sofía, Claudia, Cristina y otra mujer muy maternal, que desconocía quién era, pero tenía los colores de todas las personas de todos los continentes.

Sin embargo, el recuerdo del papá de Pierre y lo que tenía que hacer en Buenos Aires no le permitieron darle una interpretación al sueño.

Ya una vez pasado el control de la Aduana, tomó un taxi y llamó a su amigo de la infancia.

—Pierre, es Nicolás. Estoy en Buenos Aires —le dijo.

—¡Nicolás! ¡Che, qué alegría, hacía años que no escuchaba de vos! ¿Cómo estás? ¿Cómo están Sofía y las niñas?

—Pierre, me urge ver a tu padre. ¿Sigue viviendo en el mismo lugar? —le replicó Nicolás, sin ocultar en su tono de voz que el asunto era muy serio.

—Nicolás, papá está hospitalizado. Le dio una apoplejía y los doctores no creen que dure muchos días, el diagnóstico no es nada favorable.

—¿En qué hospital está?

—Hospital Italiano, cuarto 340. Pero ¿qué es lo que sucede, Nicolás? No te entiendo —preguntó Pierre y escuchó la llamada terminarse del otro lado del celular.

Nicolás llegó al centro médico y se dirigió a la recepción. Allí se registró como visitante, mientras su corazón latía tan fuertemente como nunca en su vida lo había sentido. Caminó por el largo pasillo con ese peculiar olor de los hospitales, tomó el ascensor, marcó el tercer piso y, una vez allí, siguió los letreros hasta llegar a Cuidados Intensivos. Se volvió a registrar:

—Nicolás Didion. Vengo a visitar a Alain Maltz, cuarto 340 —le dijo a la enfermera detrás del mostrador.

—Siga el pasillo hasta el final y doble a la derecha, es el tercer cuarto —le informó ella sin mirarlo mucho.

El corazón de Nicolás parecía a punto de estallar, sus manos no paraban de sudar. Hacía tantos años que no veía a Alain... desde que se marchó de Buenos Aires a estudiar a los Estados Unidos. ¿Cómo podía ser que hasta ahora él tuviese un recuerdo tan grato de Pierre y de su padre? ¿Cómo era posible haberse olvidado de todo esto? ¿O es que era una alucinación? No, no era una alucinación. Alain le había hecho todas esas cosas en varios paseos a Uruguay.

Su mano abrió la puerta del cuarto. El deseo de vomitar se le intensificó. Y cuando lo vio, el papá de Pierre no era ni el recuerdo que vivía en su mente. En vez del hombre fuerte, alto, musculoso e imponente, lo que tenía ante sus ojos era un viejito frágil, delgado, con una mueca grotesca en su boca, que mostraba pedazos de algún tipo de alimento amarillento que había subido desde el esófago por la sonda que lo alimentaba a través de un agujero perforado recientemente en el estómago. Sus ojos estaban entreabiertos, pero su mirada estaba perdida. Y aun así, cuando el niño dentro de Nicolás se sentía como David frente a Goliath, dudó dos veces de lo que había venido a hacer.

—Soy yo, Nicolás. ¿Me reconoces? —Fueron las primeras palabras que le salieron de su boca. El papa de Pierre no respondió. Y a pesar de que Nicolás estaba decidido, y de que estaba solo en el cuarto y era el momento perfecto, cayó de rodillas al suelo y empezó a llorar. Lo vio tan desahuciado e insignificante... en ese momento, entró Pierre.

—Nicolás, ¿qué te trae por acá? —preguntó con cara estupefacta al ver a su amigo llorando.

—Vine a matar a tu padre, Pierre. Y tú sabes por qué —contestó.

—No entiendo nada, ¿qué te pasa?

—¿Recuerdas los viajes que hacíamos en barco, que tomábamos cerveza y whisky hasta perder el sentido? Tu padre luego venía a tocarme y a abusar sexualmente de mí, Pierre. ¡Tu padre es un hijo de puta!

En ese momento, el marcador del corazón empezó a sonar y la línea horizontal indicó la muerte. Un grupo de enfermeras y doctores entraron rápidamente a atender al paciente, pero ya no hubo nada que hacer. Alain Maltz había muerto, llevándose con él sus secretos, sus pecados, sus aberraciones. Y Nicolás sentía que su viaje había sido en vano... que ni siquiera le habían dado la oportunidad de vengarse él mismo. Entonces, salió corriendo del hospital, pensando en Sofía, pensando en sus tres hijas, pensando en lo miserable que había sido su existencia, pensando en Claudia y en todas las otras mujeres a las que había hecho sufrir porque a él lo habían dañado desde niño.

CAPÍTULO
25

El camino a Venus

Laura acababa de salir de la oficina de la abogada Nancy Vélez, una mujer de armas tomar, mirada de hierro y con un resentimiento notable hacia los hombres, aunque —irónicamente— los imitaba. Vestía siempre con pantalón y chaqueta, zapatos de piel sin tacón alguno, pelo muy corto y nada de maquillaje.

La abogada le había explicado que la infidelidad no repercutía ni en la custodia de Alana, ni en la pensión alimenticia. Nancy se había vuelto la defensora número uno de mujeres que iban a divorciarse en la zona. En una ciudad como Miami, donde las separaciones matrimoniales se daban a borbotones, habían muchos bufetes de abogados que protegían a los hombres para que no tuviesen que compartir sus riquezas o lo que tenían, con sus prontas a ser ex esposas. Habían muchos abogados dedicados a defender la misma cofradía testosterónica, pero muy pocos defensores de la mujer.

—Cualquiera pega cuernos, pero en tu caso, Laura, estabas emocionalmente divorciada de tu marido desde hacía mucho... Bastante tardaste. ¿Y qué le vas a hacer? Te enamoraste. Te salió mal, fue con un idiota que no te duró ni tres meses... pero te enamoraste. La próxima te empatas con una mujer, como Anouk, y te irá mejor —dijo riéndose.

Las tres amigas la contrataron al mismo tiempo para sus divorcios, aunque en el caso de Sofía la división de bienes era más complicada por las propiedades que Nicolás había comprado solamente a su nombre y ella desconocía. Pero Nancy le aseguró que no solo le correspondía la mitad, sino que iba a conseguir que el sádico se quedara casi en la calle y que trabajara para ella hasta en su vejez.

—Sofía, eres millonaria, y tus hijas serán millonarias hasta el último día de sus vidas —le había dicho.

—Hubiera preferido no haber acumulado riqueza alguna, a cambio de vivir una relación de amor verdadero —le contestó.

—Yo sé. Eso es exactamente lo que todos los seres humanos queremos. Un alma gemela, un amor fuera de este mundo que te haga sentir mariposas en el estómago. La pregunta es cómo se logra para que llegue a ti y por qué muy pocas personas lo encuentran y la mayoría, van de relación en relación sin poder decir jamás que se han enamorado de veras. Se casan, tienen hijos... sí, quieren a su pareja, pero no es nada como lo que en verdad desean; un instinto ancestral les hace recordar de algo, de ese amor único y perfecto, los amantes del tarot. Esa es una conversación larga para entablar con par de botellas de vinos y cuando quieran me les uno a su grupo —le contestó la abogada que se había convertido en más que una aliada, si no en una amiga y confidente.

Sofía tenía mucho que sanar. También pasaría mucho tiempo para que Sofía entendiera a profundidad todos los demonios que rodearon la vida de Nicolás desde que era apenas un niño, pero para eso tendría que recorrer un camino largo y tortuoso hasta que lograse hacer las paces con ella misma. Para ese entonces, Urano habría salido del signo de Tauro, liberando a los del signo Escorpión de ese ángulo detrimental... ¿O es acaso que Sofía aprendería a tomar las riendas de su destino después de sus viajes a la India?

Sofía había empezado a estudiar en profundidad el yoga que, eventualmente, transmutaría su dolor en fuerza, al punto que muchos años después, cuando Claudia volvió a aparecer en su camino, no solo no sintió ningún tipo de resentimiento, sino que celebró con ella su nueva vida y sus triunfos profesionales como abogada de inmigración cuya presencia en los medios era constante.

Nicolás no encontró el valor para confesarle a su esposa lo que vivió con el papá de Pierre en los viajes en yate recorriendo las aguas del sur, pero Sofía de alguna manera, presintió todo el dolor que su alma había sufrido en esta vida, y al final de sus días, Nicolás también logró saldar algo de su dolor ya que hasta las almas más retorcidas tienen en su ser oscuridad porque se han alejado de la luz, pero una pequeña llama que los reconecte con su verdadera naturaleza, tiene la capacidad de iluminar de nuevo todos sus espacios.

En el caso de Laura, durante las últimas semanas, había una dicotomía en su ser, además del nerviosismo de iniciar una vida sola, sin pareja, que la llenaba de miedos. Por un lado, se cuestionaba sobre su futuro incierto y le faltaba valentía, pero no había nada que hacer. Sin embargo, por otro lado, deseaba con ímpetu convertirse en gladiadora, en una valiente guerrera lanzándose al ruedo, como si estuviera en Roma, en el Coliseo, esperando que suenen las trompetas para anunciar su turno. Ella, con su mano tocando la puerta, esperando para abrirla, sabiendo que al otro lado iba a estar su triunfo o su muerte. Laura, sin ninguna arma más que sus manos y su cerebro, en el ruedo de la vida. Se preguntaba por qué mantener el statu quo para lograr sobrevivir, cuando cualquier aventura nueva iba a ser mejor de lo que tenía, aunque fuera totalmente sola. A veces, la nostalgia la invadía cuando Gustavo le venía a la mente, que era con frecuencia. Él sería una herida abierta que tomaría tiempo cicatrizar.

Laura, sobre todo, no entendía por qué el trabajo de vudú no había funcionado, si había creído tener a todo un séquito de seres de luz a su lado... al punto que, recientemente, se cuestionaba si Gustavo había sido solo el producto de su imaginación, si en verdad jamás había existido y si fue, únicamente, el sueño erótico de una noche de resaca.

Miraba al cielo, y la imagen de Urano, gigantesco, verde, verde esperanza, seguía sospechosamente ahí, porque había llegado a su vida para despertarla dos veces... de la pesadilla de su matrimonio y del sueño encantado de su amante. Pero también le vino a despertar todos sus poderes y Laura, que no lo sabía aún, se volvería una poderosa cocreadora de su realidad. Su mente despertaría con meditaciones para activar su glándula pineal y su conexión con, primero la cuarta dimensión, pero luego con la quinta, la convertiría en el genio de la botella capaz de manipular la realidad a su antojo. Pero antes tendría que experimentar el darle rienda suelta a sus cinco sentidos, especialmente su deseo carnal, dormido por tantos años hasta que llegó Gustavo. Laura se transformaría en la amante por el poder electrificarte de Urano.

Sin embargo, el camino iba a ser largo. Debía aprender a valerse por sí misma, desde llevar las finanzas de su hogar —algo que siempre había relegado en Emilio— hasta acostumbrarse a no extrañar tanto a Alana los días que le tocaba a él la custodia.

El mismo aprendizaje también tendrían que asimilar Sofía y Anouk. Les daba miedo, las intimidaba, pero Urano había llegado a sus vidas, obligándolas —les guste o no— a emprender una aventura como heroínas de su propio destino. Como escritoras en control de cada capítulo de una novela que apenas comenzaba a escribirse, genuina, honesta y apasionadamente.

—¿Frenchies? —preguntó Laura al chat Tres Amigas.

—Ting, ting.

Inmediatamente, la solidaridad femenina se manifestó. Y mientras manejaba al restaurante, desde alguna dimensión desconocida, la diosa Erzulie, que estaba junto a la negra Loreta y Eros, intercambiaron miradas y conspiraron a su favor.

Entonces, le entró un nuevo mensaje de texto:

—Laura, ¿cómo estás? Te he estado pensando. —Era Milton.

Y es que, en ese momento, Urano recibía en cuadratura, un golpe directo al corazón. Era Venus, que aparecía luminosa y resplandeciente en el firmamento, para traer con toda su majestuosa elegancia, la magia del amor.

Venus—un adelanto de la segunda parte

La niña traviesa

Un gallo despertaba al resto de los trabajadores de la hacienda de los Blanchard un poco antes de las seis de la mañana. Era un día de mucha labor, de trabajo encorvado con saco de arpillera a la espalda y el calor amenazaba con ser despiadado. La tierra de Luisiana, color naranja, se bañaría por el intenso resplandor amarillo del sol, arrojando una luz púrpura sobre los verdes campos de algodón. El cansancio y el sudor correrían sin piedad por los cuerpos de mujeres, hombres y niños que no tenían ninguna otra opción, que ganarse el sustento a base de un trabajo físico casi inhumano. Sin embargo, el olor que despedirían en unas horas las magnolias que estaban sembradas en toda la propiedad, saturarían el espacio con una fragancia que siempre acariciaba el alma y sosegaba al espíritu. Un aroma que intentaba hacer pensar, aunque de forma muy inconsciente, de que, sí existía una seducción de los sentidos así, era porque algo sublime quería mostrarles y regalarles las bellezas de este mundo. Pero no todos podían tener la sensibilidad espiritual para percatarse de eso, cuando lo que les esperaba era otro día despiadado.

Veían ese nuevo amanecer como una condena que pagar y purgar, simplemente por su color de piel. Muchos hasta maldecían a Ulysse, como llamaban al gallo despertador de la hacienda.

Cuando la escasez es rampante, y la libertad cuestionable, la mente humana no tiene espacio para las sutilezas del espíritu y de lo divino. Y esa era su realidad a pesar de que ya no era legal la esclavitud en Estados Unidos desde 1863, pero casi cien años después, y luego de dos guerras mundiales, su situación continuaba siendo lamentable. China e India le robarían los primeros puestos de fabricación de algodón a la primera potencia mundial, y los patrones pagarían cada año menos dinero. Peor aún, en un tiempo próximo, la Hopson Planting Company vendría a terminar con la mayoría de esos trabajos, industrializando toda la labor manual del sembrado, recogida y elaboración del algodón. Así que, muchos a los que les fastidiaba el calor de la región, terminarían congelándose en el norte porque ya no habría trabajo para ellos en estos campos. Pero para eso, faltaban algunos años.

La negra Loreta ya estaba en la cocina de la mansión de los Blanchard, que quedaba justo al lado de su cuarto. Era parte de la rutina con su amanecer, ya que debía preparar el desayuno a la señora Margaret como si la dueña de la casa estuviese hospedándose en un hotel cinco estrellas en París. Era la nostalgia de su antigua vida con sus padres, o su ego tan desmedido que necesitaba a gritos que el mundo se enterara de que ella valía, y mucho, mucho más que los demás. Desayuno francés con pan baguette y mermelada, otros días croissants o pain perdu, café o té, que dependía del humor con el que se levantase y siempre alguna fruta como moras frescas. Todo debía ser servido en la porcelana francesa que le había regalado su madre por la boda, cristalería de copas para su jugo, que en verdad debió ser reservada para el champagne de la visita, y flores frescas recogidas en la mañana cada día. Margaret Blanchard se sentía la reina de Francia en esas tierras en Luisiana, pero nada estaba más lejos de su realidad porque su esposo había gastado toda la fortuna de la familia de la industria del algodón al perder su vida en apuestas, alcohol y mujeres. Pero tal vez hoy, la buena suerte tocaría a sus puertas, gracias a su hermosa hija mayor Eleonor.

Loreta había salido a recoger las magnolias como cada mañana. Y como cada vez que lo hacía, ya parada frente a algún árbol de la hacienda, había pensado en Volker, el único hombre de quien se habría enamorado. Pero la diferencia entre ambos era tan vasta como la separación entre dos planetas. Loreta arrancaba algunas magnolias para la decoración del desayuno de la señora Margaret y simplemente era imposible no pensar en él. El olor de esa flor embrujaba con el pasado. Y nuevamente le dolía el corazón, pero estaba segura de que, en casos como ese, ni el ritual de Erzulie, la loa del amor y la belleza en el vudú que le había enseñado su madre para que encontrara a la pareja perfecta, habría funcionado. No, muchas veces los preceptos de la humanidad eran tan fijos y concretos, que se asumían como realidad inquebrantable en este mundo, y pasaría mucho tiempo para que las primeras parejas interraciales tuvieran la valentía de gritar su amor a los cuatro vientos y desafiar lo establecido.

Volker Muller, un botánico alemán que había recibido una beca de la Universidad de Heidelberg para viajar a

Estados Unidos por sus buenas calificaciones, llegó a su vida para instalarse de forma etérea y por siempre, aunque jamás tocó centímetro de su piel.

A pesar de que la hipnotizante flor crecía en otros lugares del mundo, la magnolia del sur de Estados Unidos era única para Volker y el sueño de conocer esas nuevas tierras le intrigaba de sobre manera. Sobre todo, porque nunca había visto a un ser humano negro, algo que le llenaba de curiosidad, aunque aún no entendería por qué. Con el dinero de la Universidad, se embarcó hacia esa nueva aventura, ya que, de todas formas, no dejaba mucho atrás.

Al llegar a Luisiana, la Universidad de Tulane lo recibió ofreciendo un evento en su nombre e invitando a la alta sociedad para que se entretuvieran, y recordaran abrir sus bolsillos en donaciones al prestigioso centro educativo.

El científico hablaba inglés y les ofrecería una cátedra que mostraba por qué la magnolia de la región era tan singular.

La tarde del evento, los Blanchard estaban entusiasmados, ya que no llegaban por esas tierras tantos extranjeros. El viaje de la hacienda al Gibson Hall de la Universidad en Nueva Orleans era largo, pero a Margaret no le importaba y se emperifolló como si fuera a asistir a una gala en el Versalles.

—Les presento al científico y botanista Volker Muller —dijo el doctor Boissieu a los Blanchard en cuanto entraron al gran salón.

El Doctor se había apadrinado del alemán en los trámites para la beca y estaba ansioso de mostrarlo en sociedad.

—Champán para la dama —le dijo a Margaret, extendiéndole una copa.

—Nuestra hacienda está rodeada de más de mil árboles de magnolias. A las 9 de la mañana el perfume se siente hasta en los sembradíos —le dijo Margaret a Volker mientras miraba a su esposo con unos ojos que gritaban, no me contradigas—. ¿Por qué no te hospedas con nosotros? La casa principal es grande y hay cuartos más que suficientes que permanecen vacíos —le dijo.

Volker tenía planes de hospedarse en un hotel de Nueva Orleans, pero la oferta de una temporada en una hacienda tradicional de la región le entusiasmó y en seguida buscó la aprobación del doctor Boissieu.

—Sería magnífica idea —dijo su padrino universitario.

Para la señora de la casa era una forma de abatir el mero aburrimiento, ya que aún no tenía descendencia, y su esposo pocas veces estaba en la hacienda. Llegaba tarde en la noche oliendo a alcohol y perfume barato, pero a Margaret poco le importaba. Ella era la catedral y las demás solo iglesias.

Así que todo se acordó en ese evento social y recibirían a alguien tan diferente, de tierras extrañas, que les haría salirse de la rutina, y, además, provocarían la envidia de otros hacendados.

Este joven alemán de conversación agradable, aunque de pocos atributos físicos, traía la promesa de días diferentes.

Años después, Loreta se enajenaba del olor de las flores, y su pensamiento iba a ese primer encuentro. Mucho tiempo atrás, ella recogiendo magnolias para la señora, y Volker, sorprendiéndola con un inglés terrible, que ella apenas entendía.

—Hi! What a beautiful and unique flower! Que flor más bella y única... —le dijo con timidez.

El primer día que Volker llegó a la mansión de los Blanchard, vio de lejos a Loreta en la cocina y el alemán se sintió embelesado por su belleza. La encontraba perfecta, tan diferente y exótica, que se sintió nervioso.

Desde su llegada a Luisiana, Volker llegó a la conclusión de que la raza negra era superior a la blanca. Sus cuerpos eran tensos, musculosos, fuertes. Su piel, emparejada, sin las manchas y lunares de los blancos. Le parecía tan injusto que los hubiesen sentenciado a la esclavitud, secuestrándolos de sus tierras para llevarlos a un nuevo mundo, con las desventajas del idioma y la carencia de la educación tradicional occidental, sin darles una oportunidad digna de cualquier ser humano.

—Una flor única como tú —se aventuró a añadir.

Loreta, con apenas 18 años se añadió para ver a este hombre tan rubio, rojo y de ojos azules que le atravesó el corazón.

Pero había llovido mucho desde entonces...

Esa mañana era importante para la sirvienta y sobre todo para su niña del alma. La familia Blanchard recibiría a Ernesto, para comenzar a casar a Eleonor con el primogénito de la familia Smith.

Loreta se despertó y como era ya su rutina, después de recoger flores y preparar el desayuno, primero iría al cuarto de Eleonor para despertarla con un beso y llevarle el desayuno.

—Buenos días, cariño. Hoy es un día importante en tu vida —le dijo.

—No me lo recuerdes mi negra Loreta. ¿Hay un ritual para detener el tiempo, o mejor aún, para adelantarlo? Si manejan tantas dimensiones como dices que manejan tus dioses del vudú, deberían de tenerlo, ¿no? Dámelo, ¿sí? No quiero que llegue la tarde, será patético —contestó la joven que se cubrió con las colchas hasta la cabeza.

—Vamos, solo tienes que conocerlo, si está para ti, está para ti, y si no, nos encargamos del resto, el destino y los dioses tienen formas muy peculiares de actuar —le dijo.

Loreta le sirvió Pain perdu o tostadas francesas de pan viejo pero lo que se le antojaba a ella misma, aunque fuera a esa hora, era un buen Gumbo, ya que el recuerdo de Volker seguía fresco en su mente, después de haber recogido algunas flores.

La noche después de haberlo conocido frente a un árbol, Margaret Blanchard le había preparado al botánico una cena con varias familias hacendadas y hasta había contratado a un pianista porque sus atributos frente al piano dejaban mucho que desear y la señora Blanchard no quería que nadie se enterara. Después de horas y horas de clases particulares, lo único que desprendían las teclas de sus manos era un sonido cacofónico que lastimaba el oído.

Esa noche, además del menú francés con cordero y papas, la Negra Loreta cocinó un Gumbo tradicional y Volker quedó enamorado de ese plato típico de Luisiana, aunque para él cualquier cosa preparada por ella sería un manjar. Su enamoramiento tenía nombre, aunque no sabía el apellido. «Loreta», pensaba.

—Esto es comida de dioses —dijo mirándola con ojos que hicieron sonrojar hasta su tez oscura.

Desde entonces, Loreta cocinaba Gumbo como una necesidad todos los días. Era su forma de sentirse conectada al hombre de su vida, que estuvo ahí, pero fue un amor imposible y que la vida se lo llevó varios meses después para dejarla con este recuadro en su memoria que estaría presente cada vez que tenía los ojos abiertos, y peor aún, los ojos cerrados, porque frecuentemente soñaba con él, y esos sueños, eran como haber vivido una eternidad en la cama con el mejor amante de la vida.

Cocinar el plato típico de la zona se volvió fundamental para estar de alguna manera cerca de Volker, pero hizo que las libras fueran acumulándose en su cuerpo musculoso, delgado y de diosa, hasta que llegó a ser quien ahora era en ese punto de su existencia.

—¿Para qué pensar cómo me veo? ¿A quién tengo que impresionar? —se decía Loreta preparando las bandejas de los desayunos.

Ella aun no sabía que Volker la iría a buscar, siendo ya un viejo barrigón y emblanquecido en canas. Pero el amor verdadero, ese de almas gemelas, jamás tiene edad y menos le importa el físico del ser amado.

Y la diosa Erzulia, que tanto espero para que Loreta la invocara en nombre de ese amor, se cansó de tanta paciencia, e hizo de las suyas.

Después de salir del cuarto de Eleonor, Loreta se dirigió al cuarto de Adelaine, la niña que ella no había criado y que no quería tanto, pero le daba pena esa criatura cuya nana no le puso tanta atención. Desde que la señora Margaret anunció que estaba embarazada de nuevo, varios años después que naciera Eleonor, le dijo a la Negra Loreta:

—Tienes suficiente con la niña traviesa, voy a poner a Mary de nana para esta —le dijo, acariciándose la barriga, gesto que Loreta tomó como un avance en su faena de convertirse en una figura maternal, aunque estaría muy equivocada.

Mary no estaba interesada en ganarse el corazón de la criatura, y hacía el mínimo del mínimo por la recién nacida. Así que, Adelaine se crió como un animalito salvaje, sin nadie que le diera instrucción y consejo, excepto Loreta y su hermana mayor Eleonor.

Después de salir del cuarto de Eleonor, Loreta se dirigió a la recámara de su hermanita. Tocó la puerta tres veces, y al no recibir respuesta, abrió.

La cama estaba vacía. Ya se presentía lo que pasaba. Después de llevarle el desayuno a la señora, iría al establo a buscarla. «Ay Adelaine, tan jovencita y metiéndote en problemas», pensó.

Efectivamente, la joven estaría en problemas, tan graves, que le costarían su propia vida.

Soy Afrodita... ¿y qué?...

Cuando Gabriel tenía 12 años, su familia, muy pudiente y poderosa en Colombia lo envío a Estados Unidos, para internarlo en el prestigioso Phillips Academy, en Andover, Massachusetts. Allí estudiaría hasta graduarse de escuela superior, y de ahí, iría a alguna Ivy League del noreste de la Unión Americana. Casi nadie de la alta clase colombiana tenía la capacidad económica para costear semejante fortuna, pero todo el círculo de amistades de Bogotá pensó que los beneficios del idioma, una educación reservada para la élite mundial, además de los contactos que de ahí sacaría, era lo que le correspondía al primogénito de una de las familias más importantes no solo de Colombia, sino de toda Sudamérica.

Pero nada estaba más lejos de la realidad. La verdad era que no podían esperar el momento de deshacerse de él, especialmente su padre.

El niño había nacido sin pene, o por lo menos, lo que se asomaba por esa parte del cuerpo, que debió ser orgullo de la familia, era más bien como un clítoris engrandecido que reposaba sobre unos testículos diminutos. No era el primogénito que su padre esperaba, un semental estilo caballo como los que tenía en sus fincas y que sería el orgullo de la familia.

No, esa criatura nació rozagante y hermosa, más parecida a una niña o a un querubín andrógeno, que al varón que el padre tanto deseaba para poder preservar al apellido y la cuantiosa herencia familiar.

A Gabriel, como a tantos seres humanos les pasaba, su sexualidad era algo que, desde muy pequeño, lo marcaba como una condena.

En su mente, grabado estaba el viaje que hizo con sus padres a Italia, cuando apenas tenía 10 años y ya había una conciencia sobre sus partes íntimas, sobre la escasez de su miembro y la marcada diferencia entre su cuerpo y el de otros varones. Una realidad que llevaba a cuestas como una maleta pesada.

Ese viaje a Italia, sin embargo, vino a aligerar su carga, que a veces, a pesar de la corta edad, se sentía tan pesada como la piedra que cargaba Sísifo en la mitología griega.

Recuerda cuando entró con su madre a la Galería de la Academia de Florencia y lo vio por primera vez. Hermoso y perfecto, pero con un pene diminuto. Gabriel se sintió identificado y hubo algo de liberación en su espíritu. Si Miguel Ángel había en perfección eternizado en el mármol blanco, una figura así, entonces él no estaba tan mal. Tal vez, cuando fuera grande, su pipí le crecería al tamaño que, sin ningún tipo de pudor o vergüenza mostraba al mundo entero el David.

Ese era su consuelo ya que estaba seguro de que jamás tendría entre las piernas un pene como el de su padre, que de forma supuestamente casual se mostraba desnudo de vez en cuando ante él. Gabriel presentía que lo hacía para hacerlo sentir inferior, y efectivamente, más tarde en su vida, y luego de muchas terapias con el reconocido doctor Harry Benjamin, entendió sobre el sádico maltrato psicológico al que su padre lo sometía, ya que definitivamente lo hacía con plena conciencia para humillarlo.

Pero además de su minúsculo pene, desde que tenía uso de razón, a Gabriel le gustaba vestirse con la ropa de su mamá.

Se metía en su cuarto y abría la gaveta de la ropa interior, la cual acariciaba como si fuera un tesoro. Eran los colores para él sublimes, rosados, cremas, blancos y negros, que llenaban sus sentidos; las telas tan suaves, con sus encajes tan exquisitos, causaban en él una fascinación que quería saciarse de ella. Sin que nadie lo escuchara, calladito y despacio, se ponía la ropa interior, luego algún vestido, el más femenino que encontrase. Calzaba los tacones que le quedaban grandes, se iba al baño por el pinta labios, el rubor y acomodarse el cabello, y... ¡Éxtasis total!

Su mamá de vez en cuando lo pillaba.

—¿De nuevo en esto? —le decía riéndose mientras le ayudaba a quitarse la ropa.

Pero un día fue su papá quien lo descubrió. Gabriel no sabía que había llegado a la casa a deshora como nunca hacía porque siempre estaba en asuntos del negocio familiar. Cuando escuchó la puerta del baño abrirse, ya era muy tarde.

La cara blanca de sorpresa, como si toda la sangre se le hubiese ido al piso, causó en Gabriel una impresión que se imprimiría con fuego en su psiquis.

Sin decir palabra, le arrancó su atuendo y comenzó a pegarle. Golpes fuertes, despiadados, interminables, salían de su padre, con una furia que Gabriel no podía entender, mientras le gritaba:

—Para que dejes de ser mariconsita, para que dejes de ser marinconsita, mierda.

Lo repetía una y otra vez. Los golpes no solo iban dirigidos a su trasero, también a su cabeza, pecho, torso... y ya no solo golpeaba fuerte con su mano, en un frenesí, sacó el cinto de su pantalón, que se volvería un látigo despiadado.

Cuando su mamá por fin escuchó los gritos en el cuarto, subió a toda prisa.

—Lo vas a matar, lo vas a matar —le gritaba mientras se interponía entre el corpulento cuerpo de su esposo y el del frágil cuerpo angelical de su hijo.

¿Cuántos minutos, horas inclusive, habían pasado? Gabriel lo sintió como una eternidad.

La desesperada súplica de la madre salvó a Gabriel, que, con ocho años, estaba morado y moribundo, totalmente inconsciente y mostrando ya lamparones por todos lados.

—¿Qué le has hecho, es que no tienes compasión por tu propio hijo? —le dijo con repudio.

—Eso lo curará, ya verás —le contestó a su esposa, saliendo de la casa para no volver en muchos días.

Los rizos de oro no cuadraban con los moretones que mostraba su rostro hinchado y nada angelical.

Las lágrimas de su mamá le caían como lluvia en su piel hinchada y roja.

La mujer estaba decidida a vengarse. "Su angelito, su muñeca, su querubín mandado del cielo... ¿Cómo es posible? No se quedará así".

Cuidó de él noche y día. No podía llevarlo al hospital sin que aparecieran reportes de maltrato infantil y repercusiones con manchar el apellido de la familia.

—A la mierda con todo, que se enteren —le dijo a su hermana a quien había suplicado que la acompañase.

—Tranquila, todo pasa, no revuelvas las aguas, que todo va a estar bien. Te salió marica el chiquito, pues te salió marica. Peor que te haya salido sádico, machista, asesino o algo así. El problema no es ese ángel que te mandó el cielo, es tu marido... —y un silencio sepulcral, llenó el espacio.

Ordenó a la servidumbre preparar ungüentos tradicionales de esas tierras colombianas que fusionaban lo indígena con lo africano, y que, en la mayoría de las ocasiones, excepto algunos fármacos como antibióticos, funcionaban mejor que las medicinas vendidas en las farmacias de ese país.

Por muchos días, Gabriel no pudo dormir boca arriba o sentarse en alguna silla. Su cuerpo pequeño frente al espejo era un lienzo violeta, amarillo y rojo. Pero, peor aun, fueron los golpes emocionales que siempre llevaría cada vez que recordaría a su padre. El cuerpo se recupera, pero para sanar su estado mental, se necesitarían muchas, muchas décadas.

Y es que Gabriel no era niño, pero tampoco era niña. Gabriel era Gabriel, un XXY; padecía del Síndrome de Klinefelter, la enfermedad genética más común en varones a nivel mundial, aunque la mayoría de los hombres no presentan síntomas, excepto la infertilidad, la cual descubrían tras fallidos intentos de procrear con su pareja. Era entonces que acudían a un médico para ver por qué no se lograba un embarazo y tras un estudio cromosómico, un balde de agua helada les caía encima. Su supuesta fama de macho remacho se volvía cuestionable en su psiquis; ego herido con bala directa al corazón. Pero todo esto se volvería un secreto que la mayoría se llevaría a la tumba ya que nadie, excepto su doctor, se enteraría, ni siquiera sus propias esposas. Problemas de infertilidad, y ya...

Pero en el caso de Gabriel, el síndrome se manifestó exuberantemente en todo su apogeo y en su espectro más radical.

Era lo que el destino había escogido para él, o tal vez le tocaba tener esas experiencias por el karma de sus vidas anteriores, o porque los planetas estaban predispuestos a enseñarle nuevamente a las personas que rodearían la vida de este joven colombiano multimillonario, que no se trataba de género, preferencias sexuales, si no que la vida se da simplemente para existir, para aceptar y amar a todos como proyecciones de las infinitas partes de Dios. O tal vez, por otra razón, ¿Quién sabe?...

El día de su partida, sus padres no lo acompañaron al aeropuerto de El Dorado. Lo enviaron solo en el avión que lo llevaría a su nuevo hogar. Una azafata estaba encargada de acompañarlo en el viaje de Bogotá a Massachusetts, y luego en el aeropuerto lo estaría esperando uno de los choferes del *Phillips Academy*.

Se sentía asustado y solo, pero a toda costa intentaba esconder las lágrimas que amenazaban con desbordarse por sus ojos azules de ángel que parecían sacados de una pintura de William-Adolphe Bouguereau.

—Eres un macho, se fuerte, carajo, para que no seas más mariquita —la voz de su padre resonaba en su mente por las muchas veces que las había escuchado a través de los años.

En el trayecto a la Academia, el chofer no le habló y se le hizo eterno el recorrido. Sus ojos miraban ese paisaje tan distinto a la ciudad en donde nació, y más diferente aún a los campos preñados de vida e intensamente verdes de su familia donde pasaba las temporadas de vacaciones.

Finis Origine Pendet, "El final depende del principio", decía un cartel gigantesco a la entrada del edificio principal que lucía tan yanky; ladrillos rojos perfectamente alineados, columnas blancas, y arquitectura histórica de esa región del país.

«Mi principio estuvo marcado desde mi nacimiento. ¿Entonces ese será mi final?», pensó para sí mismo el niño de 12 años, que ya mostraba una conciencia existencial, tal vez acelerada precisamente por su condición genética, por haberse sentido tan diferente y rechazado por su propio padre.

Al llegar a lo que sería su nuevo hogar por muchos años, lo esperaba la señora Richardson. Gabriel respiró hondo cuando la mujer muy cariñosamente le dijo:

—Oh my God, you are beautiful —y frotó su mano por su rubio cabello, que de haberlo dejado crecer, efectivamente, mostraría bucles de ángel—. You'll be just fine, I will take care of that —con voz maternal le dijo la señora de edad avanzada, que intentaba, sin conseguirlo, de lucir a la altura de la clase social de los estudiantes matriculados.

Mrs. Anderson lo llevó hacia su habitación.

—Aquí te sentirás como en casa, a las ocho te esperamos en el gran salón, para la cena y la bienvenida —agregó, cerrando la puerta detrás de ella.

Gabrielle miraba su nueva habitación que parecía el cuarto de lujo de cualquier hotel. La sala, tenía la chimenea encendida, con cuatro butacones de cuero marrón que la rodeaban. Una de las paredes estaba forrada de libros clásicos... Dickens, Joyce, Cervantes, Fitzgerald, Melville, Tolstoy, la lista era eterna.

Era un salón que pretendía sentirse a hogar; con alfombra persa roja, muebles de caoba antiguos, y hasta la cabeza de un venado, trofeo de algún despiadado cazador, en la pared; pero Gaby sintió el dolor del animal cuando lo vio.

Su cuarto privado, de paredes verde selva y resto de decoración azul marino, se sentía muy varonil, algo a lo que Gaby no le molestaba, pero tampoco agradecía. La cama sí era muy cómoda. Se sentía cansado del viaje con apenas 12 años, pero era más bien porque su mente no lo había dejado descansar desde que su mamá, con cara de corazón roto y mucha lástima, le dio un fuerte abrazo a su querido o querida Gabriel, ella ya ni sabía... mientras más pasaban los años, más veía a su hijo totalmente asexual, como si de verdad se tratase de un ángel de Dios. Ella, católica devota, pensaba que, aunque todos los nombres de ángeles y arcángeles eran masculinos... Miguel, Gabriel, Uriel..., había un pasaje en la Biblia que se le había grabado en sus años de estudiante en colegio de monjas. Zacarías 5:9: "Entonces miré hacia arriba y he aquí dos mujeres que salían, y traían viento en sus alas, y tenían alas como de cigüeña, y alzaron el efa entre la tierra y los cielos".

"Tal vez, los ángeles no tenían sexo, como Gabriel", se decía para sus entrañas.

Gabriel se acostó a dormir, pero no pasaría mucho tiempo para que la señora Robinson abriese la puerta del cuarto y le dijera:

—Este es Omar, tu compañero de cuarto, dale la bienvenida —dijo antes de dejarlos a ambos solos.

Omar, egipcio árabe, se convertiría en su gran amigo del alma, confidente y protector. Años después, sería una celebridad de Hollywood, que a las mujeres derretiría.

—Hi, my English is not so good, my name is Gabriel —dijo el jovencito, ya sabiendo por intuición, de la buena amistad que allí se forjaría.

La intuición femenina estaba, por razones cromosómicas, muy despierta en él. Omar, sonrió, le dio la mano y pudo comprobar en su mirada exóticamente marrón, que presentía lo mismo que él.

A las ocho, ambos llegarían al salón con el resto de los nuevos huéspedes de la Academia.

—Bienvenidos—dijo el doctor Brayman, y continuó—: Serán unos años inolvidables para todos ustedes. El final depende del principio, ese es el lema de esta institución tan prestigiosa y que forma parte de la historia de esta nación, ya que ha moldeado a muchos de sus protagonistas. Queremos que comiencen con el pie derecho. Aquí obtendrán la mejor educación que los hará los hombres de bien, ustedes delinearán los pasos de la sociedad y de la humanidad, que estará a su merced. Solo unos cuantos tienen ese poder, y los que están aquí presentes, tendrán las riendas del mundo en sus manos. Piénsenlo bien, la inmensa mayoría no tiene ese privilegio —dijo, para añadir—: Y para su diversión, queremos que sepan de nuestra gran fiesta, la más importante del año, El Baile de Halloween. Debemos escoger a la diosa de la festividad, Afrodita. Quien tuvo el honor en los últimos años, por razones personales de la familia, nos dejó. Escojan entre ustedes a la nueva Diosa de esta gran celebración —dijo entusiasmado, pero mirando directamente hacia Gabriel. En un salón donde solo había menos de 20 nuevos alumnos, la decisión era fácil.

Los internos miraron hacia el objeto que observaba el doctor Brayman, y en verdad vieron a una afrodita niña entre ellos. El quorum no tardó. Gabriel quedaría coronado como la Diosa del evento y esa corona sería un permiso maravilloso para su liberación y para una identidad nueva que le duraría toda una vida. O por lo menos, de vez en cuando.

Sobre el Autor

Eileen Cardet es periodista con una maestría de la Universidad de Miami. Lleva 20 conduciendo el noticiero matutino de Univisión Miami y es fundadora y presentadora del Noticiero Edición Digital Miami. Ha ganado dos Emmy, entre otros reconocimientos. Ha impartido conferencias en prestigiosos centros educacionales y moderado paneles en La Feria Internacional del Libro en Miami y el Miami Fashion Week. Nació en Puerto Rico, de padres cubanos y actualmente vive en Coral Gables.

CPSIA information can be obtained
at www.ICGtesting.com
Printed in the USA
BVHW071003310821
615693BV00009B/415